국풍류문화연구소총서 5

시인의 삶과 문학

그래도 찔레꽃은 피는데

오 재 동 시집

도서출판 해동

빗 돌

참 덧없어라.

붉은 해는 서산머리에 걸렸는데 삶이 나에게 묻는다. 지금껏 너는 무엇을 바라 살아 왔느냐고? 이 물음에 가장 고통스러운 것은 내가 내 삶에게 인정받지 못한 것이다. 내가 추구한 가치에 몰두하지 못했기에 왜소롭고 고독하다.

그래서인가 스산함과 충만을 느끼는 겨울을 나는 좋아한다. 눈은 소란스럽지 않고 삶을 고민할 수 있는 넉넉한 시간을 주기 때문이다. 모든 사람은 봄을 찬미하지만 유독 봄을 좋아하지 않은 것은 50년 어느 봄날 탓인지도 모르겠다. 그런들 어쩌겠는가, 토담에 찔레꽃은 올봄도 피고 나의 문학의 혼은 모정과 고향이다.

이 시집을 이해하는데 얼마나 보탬이 되겠는가마는 1부: 나의 삶 나의 문학 2부: 선시 3부: 모정 4부: 향수 5부: 삶 이렇게 나눴고, 이 책은 자화상이나 다름없기에 겉옷에 지나지 않은 평자의 글은 생략했다.

만공에 추를 달아 풀잎 끝 모두우고
튼튼한 백지위에 일궈 올린 나의 생애
그 허일 푸른 속말들 피 흐른 내 서한

이제 어찌할거나, 나는 고민에 빠졌다. 시를 버리고
방랑 생활을 할 것인가. 깊은 산속으로 들어가 산을 깎아
밭을 갈고 봄이면 씨 뿌리고 가을이면 거두고, 낮이면
밭에 나가 일을 하고 밤이면 호롱불 아래서 세월 속에
묻혀버린 그리움들이나 헤아리며 아무런 욕심도 내지
않고 새소리 벗 삼아 풀벌레 소리나 낡은 머리에 담으며
살아갈 것인가, 그러면 삶이 한없이 평온하고 조용해질까.
   애초에 내가 하고자 했던 것은 삶이란 무엇이며 시란
무엇인가? 누구도 써보지 못했던 이글이글 타오른 그런
삶을 노래하고 싶었다. 어쩌랴, 올 때 아무런 글자 가진
것 없으니, 갈 때도 아무런 글자 남긴 것 없다고 슬퍼하지
말라. 인생은 공수래공수거 아닌가.

        금당산자락 우거에서   오 재 동

>>>차례

나의 **삶** 나의 **문학**

제1부

나의 삶 나의 문학

　내가 태어나고 소년기를 보낸 곳은 우리나라 가장 남쪽 고흥 반도 고흥읍에서 30여 리 황톳길을 따라 들어가면 앞산에서 뒷산으로 간짓대를 걸쳐놓을 듯한 내 좋은 사람과 밤 깊도록 이야기하고 싶은 대낮에도 여우가 난다는 50여 호가 옹기종기 모여 산 전원적인 산골이다. 그런가하면 뒷동산인 태산에는 성터가 있고 둔전이 있는가 하면 1km 지점이 현이고 삼도三道 암행어사가 을사사화로 낙향하여 생을 마친 유서 깊은 646번지, 그곳이 나의 탯자리다.

　　아이들과 떨어져 번을 서고 오는 날은
　　혼자서 걸어 넘는 자주고갯길
　　소낙비 우르르 쾅 내리치는 번갯불 속에서도
　　나도 크면 암행어사가 되어 우르릉 쾅
　　어사출도를 붙여야지
　　암행어사 출도요… 그 소리를 열 번만 퍼지르면
　　귀신불도 도깨비불도 나타나지 않았다.

　　그 묘비명과 신도비에 적힌 대로

이름은 오 전(吳 銓)이요
명종대왕 때 을사사화를 만나
43세 나이로 고향에 내려와서
홧병으로 죽었다지만
그는 젊은 나이로 쌍 마패를 차고
삼남을 호령하고 다닌 암행어사였다.

송 수 권의 시집 '사구시의 노래' 에서
- 암행어사 오 전 (吳 銓)과 자사치 고갯길 3연 4연 -

* 오 전(吳 銓)의 암행 詩

洛東江上仙舟泛　鳳管龍笙落晚風　遠客停驂聞不樂　蒼梧山色暮雲中

　"낙동강 물 위에 신선이 노니는데, 용봉이 합주하는 피리와 젓대소리 어우러져, 해질녘 바람을 타고 강물 위로 흐르는구나, 먼 길 돌아서 온 나그네는, 말을 매고 귀를 기울여 들어보아도 즐거워하지 않음은, 창오산 빛이 구름 속에 저물었네." (중종대왕 승하 시 영남 선비들이 슬퍼하지는 않고 강상풍월 하는 것을 보고 한탄해서 읊은 시로 조정에서는 이 지방 관료들을 즉시 파직시켰다고 한다) 두원면 대동리 출신으로 동복 오씨 의재공파의 시조다.

봄비 그치자
앞산 들쑤셔 파랗게 키우면
피라미떼는 속살거리며 개울물 거슬러 오르고
터지도록 뜸북뜸북
남풍에 하늘거린 벼포기 가지에 앉아
그렇게 울고 싶은 마음들이
그리움으로 넘쳐난 푸른 들아.

웃녘산 실바람 불고 돌쇠가 떠나던 날
말을 할까 이슬 듣는
칠칠한 빛깔로 나풀거린 청보리밭 언덕에서
약지 걸며 맹세한 미쁜 해 우리 사랑
차마 잊을리아
살아온 자국 없어 아름다운 사람의 길
내 꿈 풀어 섞어야하리.

- 고향길 -

2013. 5. 11. 향우회에서 태산자락 빗돌에 새겨 놓은
나의 시다.

집 앞에는 밭과 논이 누워 있고 졸졸 흐르는 실개천에
는 피라미와 물방개들이 물길 거슬러 오르고 산과 들에
는 진달래꽃과 살구꽃이 피즐나게 피면 뻐꾸기 울음소리

가 온 마을을 적신다. 보릿짚으로 엮어 만든 쬐그만 바구니에 감또개를 주워 담던 봄날의 추억에서부터 송아지 어미 찾는 울음소리와 송홧가루가 옷소매에 묻는 것도 잊고 솔숲을 헤치고 다니며 산새알을 꺼내던 첫여름, 가을이면 나락밭에서 메뚜기를 잡아다가 볶아먹고 팔베개를 하고 누우면 저 멀리 득량만 푸른 바다가 펼쳐지고, 겨울이면 토담 밑 양지에 모여 앉아 비둘기 몰이를 하던 어린 시절의 추억들이 나의 전신에 밀려드는 것은 너무나 멀리 살아온 세월 탓일까?

   등뼈 시린 날이면
   간이역 3등 열차는 북쪽으로만 가고
   다복솔 아래서 나는 오도카니 바라만 보고 있었다
   종착역에는 무어가 있을까 풀꽃 한 떨기라도 피어 있으려나
   일찍이 나는 고향을 떠났다
   그날은 아지랑이가 새실거리고
   조선낫은 청보리밭 언덕에서 목 놓아 울고 있었다
   길게 뻗은 황톳길 모퉁이를 돌아가려는데
   헐어진 흙담에 찔레꽃 한 송이가 나를 따라와 눈썹에 박히고
   딸각딸각 어머니의 베틀노래가 나의 가슴을 파고들었다.

쏟아진 전쟁터나 빨치산의 절망 속에서도 사랑은 존재하니까 말이다. 그러나 대학시절에는 국문과 학생이지만 마음 풀어놓고 한 권의 소설도 제대로 읽은 기억이 없다. 나의 생활이 허락하지를 않았다. 교수의 말에 따라 영화로 많은 책을 읽었을 뿐이다. 그렇다고 가진 자의 삶을 부러워할 겨를도 마음도 없었다. 나에게 주어진 삶을 운명으로 받아들였다. 나는 운명이란 어찌할 수 없다고 믿었다. 지금도 마찬가지다.

가을 산빛이 상수리 잎새에 머문다
능선을 타고 넘어온 바람에 억새가 몸을 비비며 운다
멀리 봉우리를 넘는 산꾼들의 웃음소리가 예사롭지가 않다
노스님이 밟고 간
빨갛게 익어간 고추가 오늘따라 핏빛으로 비쳐오고
골짝을 나는 산꿩들의 울음소리가 따발총소리로 들린다
눈썹 포름한 여승 같은 서러운 마음이 들었다

역사는 철철 흘러갔는데
내 마음 텅 빈 구멍에
팔영산 산 1번지의 풍경이 떠오른다
사랑할 것을 사랑하지 못하고
한 시대의 이념을 운운한
경성으로 유학 간 오라버니

가랑잎 타고 꼴짝꼴짝을 흘러다니다
유월 이십 오일이 반란하던 날
남쪽 바닷가 두고 온 마을
성한 육신으로는 못 오고
그믐달 타고 둥둥 떠서 온 시린 혼백
나 어린 나에게도 그런 날이 있었다.

- 팔영산에 오르며 -

이름은 무명초로 태어나
피보다 더 붉은 것을 위해
꽃보다 더 고운 것을 위해
땀과 눈물과 푸른 깃발을 들고
조국의 노예로 칼날처럼 번쩍이던 눈동자
지리산 깊숙이 눈발을 달리던 아들딸들아
참으로 부끄럽구나 무한히 울고 싶구나.

형광등 하얀 불빛 아래서
잠 못 이루는 추운 겨울밤
마룻장에 모로 웅크리고 누어
하느님 우리의 기도를 들어주소서
한 시대의 핏빛 어린 추억이여.

- 양심수의 기도 2연 3연 -

어느 날 등산길에 오를 때 비쳐오는 50년대 핏빛 어린 우리 가족사의 모습이다. 고추가 핏빛으로 비쳐오고 산 꿩들의 울음소리가 따발총소리로 들린다는 것은, 팔영산 산 1번지는 가상의 골짜기로 양민들이 사살된 곳으로, 그 원혼이 잠들지 못하고 이승에 남아 뻐꾹새로 이골 저골 떠돌며 울고 있는지도 모르겠다는 생각이 들었다. 내 나이 어려서 잘은 모르지만 우리 가족과 경기중학(경기고등학교)을 졸업한 형이 보도연맹 사건으로 이슬방울로 스러진 곳이기도 하다.

한 봉우리에 숨은 실제의 뻐꾹새가
한 울음을 토해 내면
뒷산 봉우리 받아넘기고
또 뒷산 봉우리 받아 넘기고
그래서 여러 마리의 뻐꾹새로 울음 우는 것을 보았다

봄 하룻날 그 눈물 다 슬리어서
지리산하에서 울던 한 마리 뻐꾹새 울음이
이승의 서러운 맨 마지막 빛깔로 남아
이 세석 철쭉꽃밭을 다 태우는 것을 보았다.

송수권의 - 지리산 뻐꾹새 2연. 4연-

좌와 우의 이념의 혼돈 속에서 또는 아무것도 모르고 죄 없이 죽어간 원한 많은 넋이 저승으로 가지 못하고 죽어서도 차마 못 죽어 지리산 한 마리의 뻐꾹새로 울고 그 눈물이 세석 꽃밭을 다 물들이고 있다. 무등산에도 철쭉꽃은 피고, 섬진강 힘센 물줄기가 남해군도의 섬들을 밀어 올리면 영산강에도 힘센 물줄기가 흘렀으리라. 지리산 깊숙이 눈발을 달리던 아들딸들은 서러워 너무 서러워 뻐꾹새로 태어나 지금도 울고 있을지도 모른다. 그 당시 좌와 우의 이념의 공통분모는 조국과 백성을 사랑하는 마음이었으리라. 그때 어린 나를 대밭 구석지에 끌어다놓고 뺨을 때리고 구타했던 사람들은 지금 어디에 있으며 묘비명에 무어라 새겨놓았을까.

내 공무원 카드 속에는 "오재동의 형 ***는 **** 사살된 자임 주의를 요함. 단 이 문제는 본인과 관계없는 문제이므로 본인에게 불이익을 가했을 때는 형사처벌을 면치 못함" 붉은 글씨로 써진 신원조회서가 꼬리표처럼 따라다녔다는 것을 훗날 우연한 기회에 알게 되었다.

권불 10년이라 했던가. 1960년 4·19혁명! 나는 무위도식이 아니라 뜬구름처럼 모였다 흩어지는 흔적 없는 세월을 보내고 있었다. 대학진학은 생각조차 못하고 서울역 가판대 위에 달 지난 월간지를 펴놓고 남행열차를 타려는 사람들에게 파는 참 발랄하고 용기 있는 철없는 생활하고 있었다. 그러나 내 뜻은 내 스스로 이루겠다는 것이 돌보다 굳은 나의 신념이었다. 지금은 내 삶의 아름다운 추억의 한 토막으로 남아 있다. 4월 18일 어스름이 짙어갈 무렵 서울역 염천교를 지나려는데 불덩이 하나가 내 머리 위로 번개처럼 지나가는 것이다. 이승만 정권 몰락의 시작을 알리는 총알이었다. 나는 나의 원이나 푸는 듯 부푼 마음에 26일 대통령이 하야 성명을 할 때까지 하루도 빠지지 않고 생활도 접은 채 시위에 참가했다. 처음에는 대학생들 틈에 끼어서 투쟁했고 다음 날부터는 서울 모든 대학생과 교수 국회의원 그리고 시민들이 하나가 되어 독재타도에 훨훨 불길이 타올랐다. 처절한 불길이었다. 총알과 돌과의 싸움이었다. 내가 투쟁에 몸을 아끼지 안했던 것은 가족사의 아픔이 마음을 들쑤셨는지도 모르겠다.

풀이 눕는다 / 비를 몰아오는 동풍에 나부껴 / 풀이 눕고 / 드디어 울었다 / 날이 흐려서 더 울다가 / 다시 누었다.// 풀이 눕는다 / 바람보다 더 빨리 눕는다 / 바람보다 더 빨리 울고 / 바람보다 먼저 일어난다.

김수영의 - 풀 1연 2연 -

껍데기는 가라. / 4월도 알맹이만 남고 / 껍데기는 가라 // 껍데기는 가라 / 동학년東學年 곰나루의, 그 아우성만 살고 / 껍데기는 가라 // -중략- 껍데기는

가라 / 한라에서 백두까지 / 향그러운 흙가슴만 남고
/ 그, 모오든 쇠붙이는 가라.

- 신동엽의 '껍데기는 가라'에서 -

4월 26일 이승만 정권이 무너지던 날. 계엄령이 선포
되고 중앙청 앞 도로는 바리케이드를 이중 삼중으로 쳐
놓고 완전무장한 군인들이 가로막고 있었다. 중앙청과
국회의사당 거리가 약 2킬로나 될까. 대학생, 시민, 국회
의원, 교수 등 시위 군중들로 꽉 차버렸다. 시위대가 밀
고 밀리고 풀이 눕고 울고 일어서고 하다 결국 바람이
죽었다. 내가 어느 틈에 있는지도 몰랐다. 시위대가 바리
케이드가 있는 곳에서 군인더러 당신은 대한민국 국민이
아닌가 하면서 바리케이드를 철거해버려도 보고만 있는
것을 보고 들었다. 시위대의 맨 앞에서 행동했던 것 같
다. 군중은 중앙청 앞 광장에 운집했다. 대통령이 하야
성명을 했는데 믿을 수 없으니 학생 대표가 직접 하라는
것이다. 학생대표가 하야 성명을 발표하자 자유와 민주
를 쟁취한 불길과 함성은 천지를 뒤흔들었다. 근처에 있
는 파출소는 훨훨 불길로 타오르고 탱크 위에서 눈물과
함성은 한 편의 드라마였다.

초원의 빛
꽃의 영광

영욕의 불꽃
세월은 가고 탐욕은 지고 있다
슬퍼하지 말라
그것이 원초적인 생명인 것을.

- 일몰 -

나는 고향을 사랑했다. 남달리 농토에 애착을 갖고
흙을 사랑했던 것은 아마도 이무영의 흙의 문학의 결정
판인 농민을 읽은 탓인가도 싶다. 토호들의 가련한 희생
물로서 갖은 수탈과 학대를 당해온 비천한 농민들에 대
한 애정과 소박한 순정과 인내 그리고 경제적 곤란을
극복해보려는 몸부림, 양반들에 대한 반항적 투지까지도
나를 매혹했는지도 모른다. 그러나 나는 고향을 떠나야
했다. 역사의 질곡 속에서 북쪽으로만 가는 기찻길이 응
어리를 풀어줄 표상이라 생각했다.

누이야 보았는가.
몇 개의 나뭇잎이 떨고 있는
실가지 사이로
쌀랑쌀랑 바람에 스치는
또렷하게 반짝이는 푸른 별 하나.

한 세상 설움 같은 것은 별 것 아니라고

끼르륵끼르륵

노을길 가르며

말갛게 울고 간 삶의 흔적들

오늘따라 왜 저리 아름다운지.

북쪽으로 가면 한 송이의 풀꽃이나 피어있으려나 했던 실낱같은 꿈이 이루어지려는가?

형의 동창이었던 아주머니께서 초등학교 3학년인 자기 아들의 공부를 도와달라는 것이다. 그 당시에는 명문 대생들도 가정교사 구하기가 참으로 어려운 시기이었다. 청계천에 판자촌이 즐비한 우리나라 현실이었으니 말이다. 듣는 말에 의하면 아주머니도 월반할 정도로 공부를 잘했고 같은 반인 형도 잘했기에 그 덕이 아닌가도 생각한다. 1년간 이 학생과 생활하였는데 보수도 제대로 줄 수 있는 형편이 못 된다면서 서울대 사범대 부속초교 5학년 학생 가정교사를 알선해주면서 내 고향을 대전이라고 속인 것이다. 그 당시에 전라도 사람이라면 하숙도 치려고 하지 안 했다. 믿음이 없다는 것이다. 왜 그렇게 차별받게 되었는지, 여순사건 때문인지? 지금껏 의문이 가시지 안 했는데 오늘에서야 풀렸다. 2013년 6월 17일 한겨레신문 프리즘에 그 당시 집권세력이 정치 경쟁자를 제압하기 위해 호남지역 차별이라는 강력한 이데올로기를 사용했기 때문이라는 것이다.

나는 대학을 가야 한다는 생각도 뜻도 없이 그냥 Y.M.C.A와 E.M.I 학원에 다니면서 공부를 했다. 수학은 엄익균 선생 영어는 안현필 선생에게 배웠다. 62년 초 고향 선배님께서 대학진학을 권고하셨다. 그 당시 시골에서 서울로 유학 간다는 것은 상상을 초월한 일이었다. 말만 들어도 울렁이는 상아탑, 푸름이 꽉 찬 캠퍼스가 나를 유혹했다. 저축해 놓은 돈도 조금 있고 하여 대학진학을 결심하게된 것이다. 이 선배님과의 만남은 나의 운명의 지침을 돌려놓았는지도 모른다. 무엇이 되겠다고, 무슨 뜻이 있어서 특히 시인이나 교사를 꿈꾸고 국문과를 택한 것은 아니었다. 다른 분야는 재능도 없고 소년기에 책을 재미있게 읽었기에 그냥 선택한 것인지 아니면 운명 탓인지도 모르겠다.

가정교사로 하루 3시간에 3천 원을 받았는데 62년에 흉년이 들어 식량난으로 하숙을 칠 수 없다고 하기에 학생 어머께 사정을 말씀드리니 자기 집으로 들어오라는 것이다. 5. 6학년 함께 공부한 후 중학 지원 배치고사 성적이 8등으로 경기여중에 지원할 수 있었다. 그 당시에는 중학교가 명문대 합격이 거의 결정되던 시대다. 경기여중에 지원하고 합격자 발표 날이다. 명문중학 합격자는 일간 신문에 명단이 발표되었는데 석간 동아일보에 김혜자 이름이 또렷하게 있었다. 얼마나 마음이 벅차 무슨 말을 했던가, 버스 타려던 승객이 '저 학생 가정교산가

보다' 그 말이 들려 왔다. 이 무렵에 송수권이(공군본부 정훈감실근무) 쓴 시나리오 '외인부대촌'이 신봉승 작가의 눈에 들어 계약금 3천 원을 받고 영화제작을 하기로 결정이 되었는데 상연하던 영화 실패로 빛을 보지 못한 아쉬운 일도 있었다. 그 3천 원으로 영화를 보고 여왕봉이란 다방에서 커피를 마신 날이다. 이 학생의 명문중 합격은 나에게도 큰 행운이라 할 수 있다. 학업을 계속하기 위해선 아르바이트가 절대적으로 필요했기 때문이다.

얼마 후에 군대 소집영장이 나에게 전달됐다. 생각할 필요도 없이 그 자리에서 갈기갈기 찢어버렸다. 군대에 가야 할 가치도 의미도 없다고 생각했다. 조국이 나에게 무엇을 주었는가? 왜 내가 조국을 위해 희생해야 하는가? 그런 내 행동에 손톱만큼도 뉘우침도 없었다. 잊어버리고 지낸 지 얼마가 지나갔을까, 서울 검찰청에서 출두통지서가 나왔다. 몇 날 10시에 몇 호 검사에게로 출두하라는 붉은 글씨의 명령서다. 나는 내 인생의 백척간두에 서 있었을까? 그저 덤덤했다. 솔직히 어떤 두려움도 없었다. 검찰하면 초목이 떤다는 시대다. 조선시대에는 사헌부다. 그 당시에는 파출소 앞을 지나가기도 징그러운 시대였다. 아무런 느낌도 없이 출두하니 검사 책상 위에 두툼한 내 신원조회서가 놓여 있었다. 학생신분인지라 내 모습이 짠했던가 낮은 말로 군대에 안간 이유를 묻길래 거짓 대답을 했다. 가겠냐고 하기에 가겠다고 하니 돌아가라는 것이다. 더는 묻지도 안 했다. 내가 한 말을 확인하기 위해 학생 어머니가 검찰에 나간 적이 있다. 참으로 고마운 분이다. 근 10년의 서울 생활 나를 도와주신 두 분의 아주머니를 50여 년이 지난 지금도 잊을 수가 없다.

작열한 햇빛 아래서 마음껏 젊음을 구가하는 건강하고 발랄한 그런 시절이 나에겐 없었다. 낭만 그것도 나와는 별로 인연이 없었다. 그러나 양지바른 화단의 꽃만이 꽃이 아니라 그늘진 바위 틈바귀에서 고개를 치켜든 들꽃, 거기에도 청춘은 있고 낭만도 있었으리라. 살벌하고 기름기 없는 음지의 삶을 살면서도 마음에 긴장을 푸는 즐거움은 있었다. 뜻을 같이한 학우들끼리 '광장'이란 동인지를 펴내고, '25시' 동인을 결성하고, 시공관에서 시화전도 열고, 몇 편의 시를 들고 조지훈, 박재삼 시인의 집을 찾아가 꿈을 키우고, 외로움을 달래고 인생을 이야기 하는 사랑하는 사람도 있었다. 끝내 사랑의 불길로 육신을 태워버리려 했던 어리석음도 이었지만…. 그렇다고 페시미스트(pessimist)는 아니었다.

도봉산 깊은 밤 나를 덮고 있는 구름이 눈물인 줄을 별을 보고 난 후에야 알았다. 대학 2학년 때 늦은 도봉 가을산이 토해낸 서러운 노을길을 가르며 북쪽으로 날아가는 갈매기를 보듬고 살아온 허물 태워버리고 갔으면 좋겠다고 생각한 슬픈 그런 날이 있었다. 어둠이 깊어가는 밤 음력 시월 추위는 살갗을 파고들고 이승의 고개를 넘으려고 하는데 낮이나 밤이나 살아온 너무나 많은 것들이 떠도는 구름처럼 모였다가 흩어지곤 하였다. 뼛속 깊이 사무쳐 오는 내 영혼의 어리석음이라든지 슬픔이 일찍 홀로된 어머니 생각에 눈에 뜨거운 것이 핑 돌기도 했다.

밤은 깊어 승냥이도 잠이 들고 우리도 이승과 저승의 고개를 베개로 깊은 잠에 빠져들었다. 얼마간의 시간이 흘렀는지 고개를 들어 하늘을 보니 북극성만이 반짝이고 있었다. 꿈길 같았다. '하느님도 우리를 받아주지 않는구나' 우영이의 애절한 목소리 '내 운명도 네 운명도 피를 흘리면서까지 어찌할 수 없다' 우리는 새로운 눈을 떴다. 성당엘 갔다. 그냥 눈물이 흘렀다. 터져 나온 눈물은 그냥 상처였다. 나의 삶은 껍데기일까, 그림자일까, 흔적 없이 흘러간 구름일까? 내 행동은 사랑의 불길이 아닌 내 슬픈 운명 때문이란 생각도 들었다. 일가친척 하나 없는 허허한 서울에서 내 뜻도 적은 몸뚱아리 하나 내 힘으로 이끌어 갈 수 없어 몇 날을 보내고 있는 어느 모질게도 추운 겨울, 모였다가 흩어지는 먹구름 사이로 빤짝빤짝 빛난 그 별! 내 슬픔과 어리석음을 눌러 죽일 수 있는 힘이 되어 삶의 앙금으로 뼛속 깊이 가라앉았다.

외우의 한 마디 말, "너 언덕에 풀꽃 한 송이 꺾어 던져 놓고 잘 갔다 이놈아, 이 서러운 세상 말이다." 그 말이 그때는 왜 그리 감미로운지.

그 후 나는 장돌뱅이처럼 살았다. 세상과 사람이 나를 버려도 나는 버리지 않았다. 산너머 산이 있고 깊은 강물이 흘러도 눈바람 속에서 귓밥에 붉은 물이 고이고 손가락 마디마디에 피가 돌지 않아도 얼음장 밑에 있는 찬란한 보석이 아니라 무엇이 되고 싶었다. 그냥 무엇 되기 위해 살아보고 싶었다.

내 인생의 흐릿한 모습 속에 언제나 지워지지 않는 눈썹달 (雨影:빗속에서도 그림자 되어 함께한다는 뜻) 만 서산머리에 걸려 있고 무명 치마 적삼에 바디집 딸각딸각 울음소리만 내 가슴 속에 흐르고 있었다. 깊은 잠에서 깨어나 층층 절벽 길을 잃고 이끼 낀 계곡을 물길 따라 내려오다 웅덩이에 주저앉아 잠들었을 때 아가 춥지 않으냐 하시며 이불을 덮어 주신 꿈길 같은 사랑! 저승에서도 자식만을 위해 애태우신 어머니께 따뜻한 곰국 한 그릇 받혀드리지 못했던 업장을 녹인 눈물이 지금은 너무 멀어 한으로 가라앉아 나와 함께 살아가고 있다.

- 꿈꾸는 그림자 -

1964년 한일협정 비준반대시위가 서울 전 대학에서 일어났다. 국문과 K란 학생이 이미 대모 깃발을 준비해 놓았던 것이다. 대학 본관에서 방송으로 알리니 삽시간에 수백 명의 학생들이 모여들어 중앙청 앞 광장에 진입하였다. 서울 각 대학에서 모여든 수많은 학생들은 어둠은 짙어가고 보슬비는 내려도 타오른 불길 속에서 애국가를 부르고 아리랑을 부르고 비준 반대를 외쳤다. 데모는 정의로움도, 한풀이도, 낭만도 있다는 것을 알았다. 나는 4·19 때와는 달리 뚜렷한 시국관도 없이 동참했다는 것이 솔직한 나의 마음이다. 한국 역사에 또렷이 기록된 학생 6·3 운동이다. 서울 전 대학에 휴교령이 내려졌다. 대학은 중간고사 없이 8월 말경 기말고사 한 번으로 학기가 끝난 변칙적인 학사운영을 한 것이다. 한·일 협정은 65년 6월 22일에 체결되었다. 가을 학기가 시작되고 협정이 체결될 때까지 시위는 전국 고등학교까지 번져 치열하게 전개되었으나 나는 군생활 중이라 시국과는 멀리 있었다.

민족의 비애를 삼키듯
있다가도 없는 듯
실낱같이 살아온 버들아
모가지가 잘려버린 너의 성城에
살이 돋고 잔뼈가 굵어

타오른 전쟁처럼
눈물과 환희의 연합을 만들어
둥그렇게 솟아오르는 보름달 같은 너의 성
끝내 터지는 바람을 내민 너의 살갖이여

졌다가도 피어난 불멸의 버들아
아무런 까닭 없이
뭇사람을 보내고 또 기다리는가
슬픔을 미소 짓고 허무러져 버린 생명체
시방은 민족의 성지
또 얼마나 밤중을 빌어
예지의 칼날을 번득이고 있는가

- 버들아 -

　　나는 학기말시험을 한 과목을 보지 않은 채 학우들에
게 말 한마디 없이 8월 31일 군에 지원 입대했다. 64년
9월 7일 ****951이란 군번을 달고 논산 훈련소에서 6주간
신병 훈련을 받았다. 그때 향도를 맡았는데 얼마나 고달
프고 모질었던고 이러니까 탈영을 생각하는구나 하는
마음이 들기도 했다. 훈련이 끝날 때쯤 간단한 시험을
보더니 경기도 병무청으로 배속되었다. 마음이 흐뭇했
다. 사랑하는 사람이 있고 서울만이 미래의 희망이라고
생각했기 때문이다.

2학기가 시작되었지만 말도 없이 사라진 오재동은 나타나지 않았다. 마음을 나눴던 학우는 나를 영원히 만날 수 없을 것이라는 생각이 들기도 했다는 것이다. 그런 시대였으니까 말이다. 병무청 생활은 자유로웠다 영내 생활을 하든 출퇴근을 하든 자유였다. 이때 인천신문에 '나목'과 '밀실'이란 시도 독자란에 발표하기도 했다. 시가 발표되면 문학소녀에게서 편지가 오기도 한 시대였다. 낭만의 시대라고나 할까? 얼굴도 모르면서 사랑의 펜팔도 주고받는 시대였으니 말이다.

한 방울 두 방울 비는 내리고, 늦가을 싸늘한 바람에 낙엽이 죽음처럼 구르는 늦은 오후 그토록 사랑했고 보고 싶던 삶과 죽음을 같이 했던 雨影이를 종로 3가 종묘에서 만났다. 군대생활 첫 나들이다. Y대 사학과 학생으로 미래를 약속했던 사이다. 그런데 헤어지자는 것이다. 훈련소에서 선임병이 보낸 편지의 오해 때문이다. 그것은 오해라고 우리의 사랑이 이것밖에 안되냐고 묻고 또 물었다. 그러나 허사였다. 어느덧 시간은 흘러 부대에 들어가야 할 시간이다. 우리는 서로 등 돌리고 아무도 밟아보지 않은 낙엽을 밟으며 걸었다. 죽은 사람에 대해 슬퍼하는 것보다 더 슬픈 일은 사랑한 사람과 헤어지는 것이란 것도 알았다. 그는 나의 고독도 달래주었고 감정을 숨길 수 있는 인내도 길러주었으며 인생이 어떤 대가를 받고 이해해야만 하는 것이 아니라 그것이 무엇이든

최선을 다해 산다는 도덕적 진리도 일깨워 주었다. 명동 성모마리아상 앞에서 영원한 사랑의 기도도 했다. 그런들 어쩌랴, "나 보기가 역겨워 가실 때에는 말없이 고이 보내드리오리다." 소월이 있듯이 가겠다는 사랑은 원점으로 결코 돌아올 수 없다는 진리도 알고 있기에 이별의 아픔도 슬픔도 흘러간 세월에 맡겨버렸다. 지금은 옛 그림자로 남아 있을 뿐이다.

그 시절 그 사람은
떠나고 없지만
내 가슴 무늬 속에
꽃다운 입술 남아 있네

봄 여름 가을
세월은 흘러가고
눈은 푹푹 내리고
카바이드 등불 너머
맑디맑은 소주잔 속에
포름한 그대 아미 반갑다 웃네

가을 공원 벤치
그대 앉은 자리 텅 비었지만
이름은 남아 있네

바람 불고 꽃은 시들고
나뭇잎 구르다 흙이 되면
나그네 길 떠나듯
노을 비낀 길 외로이 걸어가며
청솔 맑은 연기나 흘려보내야 하리.

- 세월은 가고 -

인천 병무청에서 1년 정도 근무하고 서울 삼각지 육군
본부 조달감실로 전출되었다. 그때 나의 직책은 감찰감
실에서 파견 나온 감찰관을 보좌하는 일이었다. 조달감
실에는 서울분실, 대구분실, 부산분실이 있는데 나는 부
산분실로 파견된 것이다. 근무는 본부에서 했기 때문에
출퇴근이 가능했다. 경기여중에 합격했다는 동생 가정교
사를 했다. 이등병으로 누구도 누릴 수 없는 특혜였다.
내 소년 시절 눈길 마주친 앞산 여우가 돌아 봐준 덕일
까? 그 집이 인왕산 아래로 이사를 했는데 큰 부자였던
것 같다. 정원은 푸른 잔디가 깔리고 농구대가 있고 풀장
이 있는가 하면 숲 속에는 물레방아가 돌아가고 있었다.
나에게 보수를 만 오천 원을 주었으니 대단한 돈이었다.
그 당시 공무원의 봉급이 칠천 원 정도였으니 말이다.
여름방학이 되었다. 나는 군대생활로 낮에 학생을 가르
칠 선생이 필요했다. 신문 가정교사 구직란에서 명문 여
고를 졸업하고 명문대학 원예과에 재학하고 있는 여학생

을 선택했다.

　계절이 순환을 거듭하듯 우리 인생도 마찬가지다. 인왕산 위로 산책하고 있는 구름을 바라보고 있노라면 무엇에 홀린 듯 진한 울림소리도 듣는다. 인생이란 어떻게 보면 영원히 고독한 것만도 아니고 아무도 나를 이해해 주지 않은 것만도 아니다. 예기할 수 없는 일들도 많이 일어난다. 우리는 서로 눈길을 주고받는 사이가 되었다. 나는 그에게서 올바른 양심의 소리를 들었고 생활방식이나 사고하고 욕구하는 올바른 태도에 나 자신을 맡겨버렸다.

　누가 보냈을까
　무게 없는 구름을 타고
　빗방울같이 알몸으로 와
　이른 아침
　풀섶에 나앉은
　맑디맑은 우리들의 사랑.

　어느덧 세월은 흘러 군 생활 3년을 끝내고 대학에 복학도 했다. 법정 스님은 사람이 살아가면서 만나고 헤어지는 모든 일은 인연이라 했는데 서울 삼각지 전철역사에 나의 시 '아, 이 한 경치 속에' 가 게시되어 있다니 이것도 40여 년이 지난 세월과의 만남의 인연인가?

흰 눈발이 치는 날 썩은 고목 가지 위에
누가 서서 줄을 돌리는지 홍매紅梅 붉은
꽃잎들이 팔짝팔짝 줄을 넘는다.

아랫도리에서 윗도리로 줄은 넘는 꽃잎들
핏물보다 고운 빛깔로
저희들끼리 뺨 부비며 속삭인다.

윙윙 참벌 떼 날으듯
아픈 혈맥 공중에 뻗는
아, 이 한 경치 속에
누가 자꾸 줄을 돌리는
줄은 넘어 쏟아진 불티들
흰 눈 속에 떠서 간다.

눈보라 속 알 수 없는 힘들이
한 줄 넘고 두 줄 넘고
자꼬만 줄은 넘는다.

- 아, 이 한 경치 속에 -

대학을 졸업하고 무엇이 되겠다는 확실한 길을 결정하
지 못했을 때 종로 2가 인사동 골목에 큰 화재가 발생했다. 사람과 차들은 통제되었다. 그런데 깃발을 단 지프차 한 대는 거침없이 들어가는 것이었다. 신문사 차였다. 그때 아, 저것이다. 내가 가야 할 길은 저 길이다. 프로스트는 인생이 가는 길에는 두 갈래 길이 있다고 노래했지만 나는 오직 저 한 길, 내 인생에 숙명적으로 가야 하는 길이라 생각했다. 고려대학 신방과로 옮기려고 편입학 시험을 봤다. 실패했다. 기자 시험과목은 국어 영어 상식 논문(작문) 4과목이다. 나에게 제일 큰 문제가 영어였다. 문학도 시도 학교 공부도 아르바이트도 모든 것을 다 접었다. 동대문 창신동 달동네 판잣집에 우거를 마련했다. 거기는 화장실도 물 긷는 것도 나래비 서는 하늘과 땅이 맞닿는 달동네다. 미당은 '가난이야 한낱 남루에 지나지 않는다' 했지만 나는 거기서 김동인의 '감자'의 주인공 복녀의 삶을 보았다.

언제 배 따순 날이 있을까?
100℃ 황토밭에
쓰러질 듯 쓰러질 듯
실낱같은 목숨들.

강물은 거슬러 흐르고
어쩌랴
치면 칠수록

납작납작 엎드려
  지근지근
  눈물 적시며 돌아야 하리.

  산야에 들꽃은 울어도
  넘어질 듯 넘어질 듯
  그렇게라도 돌아야 하느니라
  하나 밖에 없는 목숨들.

- 팽이 -

  나는 가난 속에서 학교생활을 했다. 가난했기에 나는
고독했다. 고독에서 일어나는 어떤 생명의 확신은 나의
삶을 살찌게 했고 최선을 다해 산다는 신념, 사랑할 수
있는 힘도 길러주었다. 눈길 어둑한 나이에 곰곰이 생각
해보니 가난과 고독과 사랑이 없었다면 과연 내 인생의
빛깔과 향기가 우러나올 수 있을까? 하는 생각도 해보면
서 내가 살아온 삶이 참 아름다웠구나 하는 생각이 들기
도 한다. 허사가 아닌 Innermost에서 나온 진심이다.

  척박한 땅에 뿌리 내리고
  밑동부터 가닥가닥 꼬이면서
  바지랑대를 타고 올라
  허공 가득한 겨울바람 잦아들면

헝클어지면서 피어난 꽃 왜 저리 향기로운가를
모르는 사람과는 인생을 말하지 말아라.

해 뜨는 간척지에서
흔들고 흔들리면서 키우는 우리들의 꿈
저 등꽃 줄기에게 물어보아라.
그 길이 있다면 어디에 있는가를.

- 등꽃 -

영어전문학원 코리아 헤럴드신문사에 수강신청을 했다.
과목은 모음의 단편 suming up. moon and sixpence.
월간 digest 그리고 영작문이었다. 하루 3시간 강의 듣고
영어신문 사설 공부 등 아무튼 나의 시간을 여기에 매달
았다. 늦게 귀가한 정월 보름날 밤 골목길을 오르는데
흘러나온 냄새가 왜 그리 향기로운지, 희미한 달빛 아래
서 "모가지가 길어서 슬픈 짐승처럼" 멍하니 먼 고향 하
늘을 바라보았다.

풀린 눈동자는 시선 없이 바라본다.
싸락눈이 내린다.
달동네 헉헉 오른 깔끄막길
흐릿한 가로등불 속으로 피라미떼가 몰려온다.
허름한 해장국집에서 보글보글 똥창 끓는 냄새가

호흡기를 달고 두드러기처럼 온몸에 번진다.
흘러간 시간 속에서 눈은 길을 지우고 있다

쫓기듯 튀어나온 생쥐가 쏜살같이 지나간다.
봄은 얼음장 밑에 묶여 있어도
나는 눈 속에서 산수유꽃을 보았다.
흔들리는 나의 꿈
이 막장을 뚫고 가면 빨간 산다화 한 송이라도 피어
있으려나?

- 꿈 -

드디어 입사 시험이 시작되었다. 동아일보 기자시험
이 중앙 고등학교에서 9시에 시작 4시에 끝났는데 역시
영어였다. 좀 위안이 되었던 것은 '영어만은 자신이 있었
는데 어려웠다'는 어느 수험생의 말이다. 논문(작문)의
제목은 山이었다. 나는 산의 다양성과 바다의 단조로움
을 비교하면서 썼다. 상식(시사)과 국어는 별것이 아니
었다. 기다리고 있던 신희와 명동 초원다방에서 커피를
마시면서 영화 '태양은 외로워' '콰이강의 다리' 등 전쟁과
사랑을 주제로 시간을 보냈다.

저렇게 조용한 숨결 속에
시계에 갇혀 있는 얼굴이

내 안으로 또록또록 들어오는 것을 보았는데
갑자기 사라져버리는 영혼의 울음소리

세월이 가면
슬픔도 추억으로 돋아나고
길가에 풀꽃도 머리에 앉으면
그리움으로 피어나는가

　동아일보 합격자에 내 수험번호는 없었다. 한국일보
에 응시했다. 마음이 초조했던가. 영어시험 문제를 끝까
지 읽어보지 않은 탓에 우리말로 번역 놓고 보니, A란
사람이 외국 여행을 갔다가 지금 서울역에 도착했는데
시민공관에 가서 여행담을 말하려고 한다. 그 여행담을
영작하라는 문제였다. 서울신문. 조선일보 오리알이 되
어버렸다. 그 당시 문리대생들이 갈 수 있는 길은 신문사
와 교사길 밖에 없었다. 언론고시란 말까지 있었는데 내
실력으로는 당연한 결과였다. 대학 때는 교사의 길은 생
각해본 적도 없었다. 교사가 싫어서가 아니었을 것이다.
조선일보에 공비(共匪)를 한자로 쓰라는 문제가 출제되
었는데 그 당시 시대상을 엿볼 수 있다. 왜 이렇게 이
길에 집착했을까. 나의 운명이란 말 외에 달리 할 말이
없다. 나를 격려해준 학우들에게 미안했다. 선데이 서울
이란 주간지가 있었는데 면접에 불응했고 월간 현대 한

국보도사 문화부 수습기자로 입사했다. 1년 만에 사표를 내고 찾아간 곳이 김대중 총재 비서실이다. 며칠 후에 충남 당진 B 중학교 교사로 가라는 것이다. 망설이고 있던 차에 대학 주임교수께서 여수상고에 국어교사 추천이 왔으니 집도 고흥이고 하니 그곳에서 근무하다 서울에 자리가 나면 옮기도록 하라는 것이다. 그 당시는 중등학교 교사되기도 참으로 어려운 시대였다. 이미 졸업해 버린 나에게 고마운 마음이라 하지 않을 수 없다. 그것이 내 30여 년 동안 교사 생활의 시작이고 삶이 되어버렸다. 그때 마음을 주고받고 지내던 학우가 네가 전라도 끝머리까지 갈 줄은 몰랐다는 농담 아닌 농담도 했고, 4여년 동안 내 삶에 행복과 즐거움을 주고 꿈을 키워줬던 신희와 영원한 이별이 되어버렸는지도 모른다. 그는 K대 농대를 졸업하고 수원 농업진흥원에 근무하고 있었는데 광주에 교사 자리만 있다면 옮기고 싶다고도 했다. 낙원동 스카라극장에서 '스잔나'를 함께 보면서 시한부 슬픈 운명에 흘리던 그 눈물이 그 후 꼭 한 번도 만날 수 없는 이별의 눈물이 되어버렸다. 타오른 전쟁의 불꽃보다 더 고운 사랑이 이렇게 끝날 줄이야 누가 알았으랴?

이렇게 눈이 펑펑 내린 밤에는
타오른 불길처럼
나는 왜 이렇게 소주가 먹고 싶을까.

그해 겨울은 눈도 참 많이 내렸다
충무로 진고개 넘어가는 길목에
눈바람 싸늘하고 삶이 서러운 포장마차
카바이드 등불은 이승과 저승을 넘나들고
한 잔의 술을 들고
모니카비티의 사랑이야기를 들으며 떠나간 세 발 의자에
우리도 그와 같이 앉아 심장처럼 향기로운 오뎅국물
토닥토닥 익어가던 실오리 같은 참새다리에
은피라미떼인 듯 눈은 마알간 소주잔 속에서 팔랑거리고
앵도꽃 피면 대추에 햇밤 담아놓고 우리들의 사랑 꿰
매자던
천 년 세월에도 닳지 않을 어설픈 사랑 이야기.

세월은 가고 인생은 저물어도
생가시처럼 목에 걸린
소주잔 같은 맑디맑은 세월이여
지금은 너무 멀어 소주잔 속에서만 출렁거린
앉을 수도 없는 눈물겹도록 발이 시린 세 발 의자여.

- 포장마차 -

서울로 학교를 옮겨보려고 70년대 날은 새도 떨어뜨
린다는 공화당 사무총장, 야당 부총재에게 까지 찾아간

적이 있으나 허사였다. 생각해보면 참으로 어리석은 짓이었다.

결혼이란 운명 아니면 인연인가보다. 71년 4월 5일 결혼을 하고 교감과 사소한 충돌이 있어 교장의 만류도 듣지 않고 무역회사에 취직됐다고 하면서 6월 4일 날 사표를 내버렸다. 근 1년 동안 광주로 이사하여 술로 세월을 보냈다. 참 쓰라린 신혼 생활이었다. 72년 전남 순위고사에 합격하고 낙방한 친구 따라 전북 고사에 응시해 7위로 합격했다. 첫 발령지가 전남은 고흥 도양중학교. 전북은 무주구천동 설천중학교로 발령이 났다. 왜인지 고향인 도양중학은 마음이 내키지 안 했다. 라 · 제 통문이 있는 곳 설천중학교를 선택했다. 그 당시는 관광지가 아닌 전북, 충북, 경남 3도 학생이 모인 산골 오지였다. 겨울바람에 돌맹이가 난다는 말이 있기도 한 곳이다. 학생들은 참으로 순박했다. 그때 설천고등학교가 설립되었는데 내가 작사하는 것이 교가로 선택되기도 했다. 개교기념일 날 시화전도 하고 전국 고전경시대회에서 설천중 학생이 도에서 최우수상을 받았다. 지도교사 표창을 받게 되었는데 필요한 선생께 양보했다. 세월 간줄 모르던 어느 날 갑자기 고향이 그리워졌다. 너무나 멀리 와버린 이방인 같은 슬픈 마음이 들었다.

잎새들 그득 모아 바람의 결을 풀고
즈믄 뜰 노를 젓는
四月, 그 붉은 가슴
타관 땅
문풍지 새로 밤새 눈귀 밝히나.

절산宅 작은 기침 울빗장 죄다 걸고
골골이 맑은 음색
몇 됫박 기척인데
속 품은
사연이 겨워 달이달이 뜨노니…

웃녘山 얼레 날고 돌쇠가 떠나던 날
말을 할까 이슬 듣는
미쁜 해 우리 사랑
골방에
펼쳐든 수틀 눈이 펑펑 내리네.

-운암리 서정 -

* 이 시는 학술논문집 2012년 여름호(제 79호) 218p -218p)
  활용 횟수 36회로 동국대학 외 88 곳 도서관에 있음.

원광대학원에 적을 두면 원광대학에 출강할 수 있게

해준다는 장학사의 말도 내 마음을 잡을 수는 없었다. 전남으로 전보될 수 없다는 장학사의 완고한 말도 무시하고 힘 있는 정치인에게 부탁해서 넘어온 탓인가 전라북도 끝머리에서 전라남도 끝머리 나로도 섬 중에 또 섬 백양중학으로 전보되었다. 2살 된 첫 아이를 안고 세간 보따리 들고 뱃길 따라 가는 아내의 마음이 어떠했겠는가? 1년 만에 고흥 홍양 고등학교로 옮겨 2년 근무하고 또 녹동고등학교로 옮겼다. 무엇에 홀린 듯, 한 학교에 오래 있지를 못했다. 홍양고등학교 근무할 때 평생을 홀로 사신 어머니께서 세상을 뜨셨다. 부음을 듣고 멍멍했다. 홀연히 돌아가신 것이다. 시신을 보자 눈물이 났다. 소리 내어 울었다. 아니 우는 것이 아니라 내 가슴 속 가장 깊은 곳에서 물처럼 피처럼 서러움이 터져 흐른 것이다. 어머니! 그렇게 한 번 불러보지 못한 탓만은 아니었을 것이다. 아슬아슬 살아온 내 삶의 아픔 때문이었는지도 모른다.

길아
오천 년을 어머니 등 뒤에서
흐르던 길아.

딸각딸각
오늘은 한 마장쯤 가고

내일은 두 마장쯤 가고

길은 길어 비틀어진 길
최활로 잡아주고
더러는 패인 웅덩이 물 고이고
쑥국새 울음 빠져들던 길아.

딸각딸각
오늘은 한 마장쯤 가고
내일은 두 마장쯤 가고

가다보면
낮달이 질펀히 엎어져
울기도 하던 길아.

- 베짜기 -

* 이 시는 1992년 청화 출판사 발행 한국대표명시선 163p
  에 있음

딸각딸각 살다간 어머니의 모진 삶이다. 이 시대에
어느 어머니인들 이런 삶을 살지 안았겠는가마는 내 어
머니는 남다른 피맺힌 삶을 살다가셨다. 지금은 하늘의
별빛 되어 반짝이고 계실 것이다.

녹동고등학교 3년째 되던 3월 초 학교에 소요사태가 있었다. 나와는 아무런 관계없는 학생과에서 학생들 삭발 문제로 일부 학생들이 많은 기물을 파괴해 교장 업무가 정지되고 장학사가 교장 대행이 되고 고흥경찰서에서 수사를 착수한 것이다. 학생들 수사과정에서 소요 원인을 3년 국어교과 선생을 오재동 선생으로 바꿔달라고 해도 바꿔주지 않는다는 것이다. 이 당시 교사들의 감정은 양분되어 있었다. 나에 대한 교사의 모함도 있었다. 수사관은 교장실에서 학생들을 불러놓고 나에 대한 실상을 캐묻고, 내가 사는 곳 주민들에게도 조사를 했다. 조사를 끝내고 교무실에서 "오재동 선생 참 좋은 선생이구만" 하는 말을 내가 직접 들었다. 튀어나온 돌이 정 맞는다는 속담이 이럴 때를 두고 하는 말인 듯했다. 사상과 관련 시킬 수 있는 아슬아슬한 나의 인생 문제였다.

잠 못 이루는 깊은 밤에
어설픈 인생을 끌어안고
절망하며 울었다.
어둠이 꽃뱀처럼 눈을 뜨는 새벽녘
깊고 깊은 어둑한 골방에서
무자비한 말과 행동에 대해
죽음처럼 울었다.

그런들 어쩌랴, 들불처럼 번지던 일들이 꺼져 갈 즈음 서울 주요 일간 신문에 크게 보도돼버렸다. 4월 1일 자로 오재동은 완도교육청으로 S선생 외 1명은 진도 교육청으로 전보 조치된 것이다. 완도교육청에 가장 외딴 섬으로 보내달라고 부탁을 했는데 한반도 가장 끄트머리 해맑은 날은 한라산이 훤히 보인 소안중학교로 전보되었다. 광주 사립학교 가는 길도 있었지만 교장 선생님께서 내 사정을 벌써 알고 10여 일 간 마음 다스리고 오라는 말씀도 고맙고 사립은 내 체질에 맞지도 않고 내 운명으로 생각하고 이 길을 택했다.

완도읍에서 뱃길로 2시간 30분 서울에서는 천리 길, 4월 초라지만 새벽 바닷바람은 귓가에 차갑고 애들을 바라보는 엄마의 마음과 나의 마음은 어떠했을까? 다른 사람은 승진을 위해 웃는 낯으로 간다지만 나는 역모의 죄인으로 끌려간 그런 마음이었다. 그때 내가 홀몸이었더라면 나는 영영 교직을 떠났을지도 모른다.

저기 누워있는 바위처럼 나는
그렇게 살고 싶다

가장 크고 높은 꿈이
유성처럼 부서져 내릴 때
그렇게 침묵한다는 것은

얼마나 아름다운 일인가

생명의 심지가
불꽃처럼 마지막 연소될 때
그렇게 체념한다는 것은
또한 얼마나 아름다운 일인가

길섶에 이는 흙바람에도 울지 않고
스스로 선택한 길이 허무의 눈을 뜰 때
깊게 잠들 줄 아는 그런 멍멍한 바위가 되고 싶다
- 바위 -

1년 후 가족들은 광주로 이사하고 나는 관사에서 생활
했다. 우짖는 새소리도 없는 밤이면 바다에서 들려오는
파도소리는 왜 그리 감미로운지, 또한 수평선 너머 떠오
른 아침 햇살은 내 꿈을 휩싸고 도는 것만 같았다. 세월
은 서두르지도 법석대지도 않고 흘러가지만 내 인생에
대한 회한과 고독까지는 잠재울 수가 없었다.

이때 내 인생의 길을 안내해 주신 두 분이 계신다.
한 분은 주기운 선생님이시다. 내 교직의 길을 안내해주
신 장학사님으로 섬 생활 2년째 되던 해 여수로 가고
싶다고 했더니 1년만 더 있으면 광주로 옮길 수 있도록
하겠다고 하셨다. 다음 해 근무지를 광주 전남여고로 옮

거 주시고 그로부터 2년 후 4년이란 섬 점수도 있고 하니 전남대 부속 고등학교로 가서 승진하라는 것이다. 교장 선생님께서도 승낙하셨다. 그런데 나는 그 길을 버렸다. 만남 때문이다. 사람과의 만남 또는 독서와 자연과의 만남을 통해서도 인생의 길이 결정되기도 한다. 김수영은 풀을 만났기 때문에 최고의 서정시 '풀'이란 시를 낳았다. 그런데 나는 사람과의 만남 때문에 그 길을 포기했다. 만남은 좋은 만남이어야 한다는 것도 알았다. 그렇다고 지금 후회한 것은 아니다. 나는 세속에 무던히 둔감한 편이다. 사소한 일이라도 운명으로 돌려버리는 성격이 짙다. 그러나 한 번 버린 인심은 또 버릴 수 있다는 심리도 그 후 알게 됐다. 또 한 분은 외우 송수권 시인님이다.

나는 교직에 들어오면서 시인이 되겠다는 생각을 접었다. 먹고사는 것도 팍팍하고 그 당시 시인이 된다는 것은 나의 시재가 부족하다는 것을 알고 있기 때문이다. 그로부터 많은 세월이 지난 후 송수권 시인의 권유와 영향으로 82년에 불교신문 신춘문예에 당선되고 83년에 현대시학 2회 추천으로 문단에 등단했다. 송수권 시인은 문학에 대한 열정은 가히 광적이고 천재적이다. 그 결과 오늘의 송수권 시인이 있다고 본다. 내가 대학 3학년 때 양주동 박사께서 300여 명이 운집한 대학 강단에서 시성 서정주라 하면서 '국화 옆에서'를 낭독했던 것처럼 나는 시성 송수권이라 하면서 '산문에 기대어'를 낭독하고 싶다. 능청스런 가락, 맑은 시어, 대상을 보는 눈과 상상력, 폭넓은 앎 등은 가히 초월적이다. 대학에서 4년 동안 문학을 공부했고 20여 년 간 광주인문계 고등학교에서 시와 소설을 가르치고 배우고 30여 년 동안 문단활동을 했기에 학자적 논리성은 부족할지 모르지만 박두진의 시 '해'가 광복을 의미한다든지 김소월의 '산유화'에서 기 승 전 결이나 논하는 평자에 버금은 가리라.

금호 문화재단 후원으로 토요시 낭송회 운영위원, 중앙문단을 부정하고 광주, 부산, 대구, 대전, 강릉, 제주 등 전국지역을 잇는 환촌環村 운동으로 지역문학 무크지 '민족과 지역' 편집위원으로 활동했다. 이런 거대한 문학운동은 송수권 시인이 발기하고 주관했다. 이런 활동에 참여하면서도 나는 광주일보에 칼럼 '광일춘추'를 연재하고, 계절의 시. 월간 예향. 금호문화. 가든, 환희 등에 작품을 발표하기도 했다.

그리고 현대시학 주간이신 전봉건 선생님께서 현대시학에 시와 신작 특집란에 저 시를 게재해주시고 특히 남도지역 '시인과의 대화'의 난까지 나에게 맡기셨다. 그 당시에는 문학월간지에 시 한 편 발표하기란 너무나 어려웠다. 월간 문학지는 서울에 현대문학, 자유문학, 문학사상, 한국문학 종합지와 시 전문지로는 시문학, 현대시학, 심상 이 정도다. 땅속에 있는 보석도 캐야만 빛이 나듯 아무리 훌륭한 작품도 지면에 발표해야만 독자가

읽고 즐거움을 갖고 평을 했을 때만이 가치가 있기 때문이다. 전봉건 선생님이 작고하신 후로는 현대시학과도 자연히 멀어지게 되었다. 선생님과 인연이 좀 더 길었더라면 내 문학의 길도 많이 달라졌을 것으로 생각된다. 서울대 병원에 입원해 계실 때 뵌 것이 선생님과 마지막이 되었다.

지상에서 가장 아름다운 곳이 어디냐고
전봉건 시인에게 물으면
평안남도 안주군 동면 명학리라 하더라.
6·25가 일어나던 해
북쪽 사람인 그는 북쪽 사람에게 쫓기고
중공군에게 밀려서
근 사십 년을 이남에서 사는 동안
포신이 높이 선 긴 언덕을
기러기 갈갈대며 북쪽으로 넘어갈 때
北의 고향이 그립지 않으냐고 물으니
동기간에 생이별보다 더 슬픈 일이 무엇이며
어릴 때 놀던 동무 지금쯤 무엇이 되었는가
바람결에라도 소식 전해달라고
살아온 세월보다 더 많은 편지를 띄웠고
내 죽기 전에 고향의 강과 숲이, 들과 언덕이 보고 싶어
사십 년을 하루 같이 돌아가야 한다는 마음으로

한식날 밤과 추석날 밤이면 조상님께 빌고 기도를 드
렸지만
　돌아가야 한다는 젊은 날의 약속도
　결코 성한 육신으로는 돌아갈 수 없는
　밤마다 병상 위에 떠도는 北의 고향.
　무진년 유월 열 사흗날
　한 평의 땅으로 돌아가
　찬 흙 두 눈에 가득 담으니
　한 시인의 혼백으로 살아나
　平安南道 安州郡 東面 鳴鶴里
　바람 따라 풀잎 타고 돌아가리라 하더라.

- 北의 고향 -

　인문계 고등학교 진학반 담임 및 수업을 하면서 광주
문협 사무국장 일을 보았고 송수권, 최병우 시인 등 6명
과 함께 죽란시사회 동인을 결성하였고, 송수권 시인이
발기한 광주시인협회 창립 회원으로 활동하였다. 어느
회원의 말 "사무국장하고 광주문학상 못 받는 놈은 오재
동이 밖에 없을 것이다" 그 때는 흘려들었던 그 말이
지금 새록새록 깊이 있게 떠오른 것은 왜일까? 이것으로
문단 활동을 접고 학생들의 곁으로 돌아왔다. 내가 이런
결정을 하게 된 것은 혼란스런 문단의 생태가 한몫을
하기도 했으리라.

진한 고통과 고독으로 십자가를 세우라고
역설 같은 진리를 토할 때
육십 개의 입들은 뒤틀리고
초롱한 눈방울은 슬픔이 고인다

눈물 많은 시대의 한복판
가면을 쓴 비겁한 자신을 감추고
복도를 걸을 때 만나는 얼굴들
모르는 낯선 얼굴들만 지나가고
우수로 가려놓은 얼굴의 형체들
차마 부르지 못할 이름 석 자 어금니로 깨물고
터져 오른 고뇌 한 아름 안고 돌아선다.

내 하얀 살점을 발라
푸르스름한 형광등 불빛 아래서
세치의 혀로는 다 말할 수 없는
10대의 불안과 40대의 외로움이
한 혈관을 통하기를 노래했다.

- 네가 내가 아니듯 -

  이 시대의 교육의 현실은 성적 일등주의 교육이다.
명문대학 많이 합격시키는 학교만이 명문 고교요, 최고
의 선생이다. 매월 전국 모의고사를 보면 과목별 학교별 그리고 도별 전국별로 석차를 내서 조회 때 발표를 했다. 학생과 교사를 얼마나 피 말리는 교육인가를 짐작할 수가 있다. 그런들 어쩌랴, 명문대를 가야만이 취직을 하고 출세를 하니 나도 열심히 가르치고 배웠다. 내가 가르친 국어II는 모의고사 결과는 항상 최상위권이었다. 성적 올리는 방법은 지도 방법, 사랑과 열정과 믿음, 교과에 대한 앎이라는 것도 알았다. 교장으로부터 특별금을 받기도 했다. 그러나 윗사람에게 칭찬받기를 바라는 적은 한 번도 없다. 다만 학생들에게 교사로 책임감과 인정받고 싶었을 뿐이다. 3학년(720명) 논술지도는 내가 담당했다. 주제를 주고 쓰게 한 후에 방송을 통해 첨삭지도를 했다. 그때 '정통 대입논술'이란 참고서를 저술하기도 했다. 어디에서 그런 힘이 나왔는지 신기하기만 하다. 세월 가는 줄도 모르고 20여 년 동안 진학반 학생들 속에 묻혀 살다가 광주고등학교에 근무할 때 이런 저런 알량한 자존심 때문에 교직을 떠나야 하겠다는 생각을 굳혔다. 그리고 광주여고로 전보되어 1년 반 만에 훈장도 포기하고 명예퇴직으로 32년 동안 나의 삶과 함께한 교직을 떠났다. 다음 시가 나의 퇴직사의 한 부분이다.

이 세상 어느 모퉁이에 살다
주름진 너의 목에 감기려 했는데
검은 머리에 파도가 일면 반짝이려 했는데

더 걸을 수 없는 인생의 산정에서
목이 타도록 갈구한
하늘아, 들아, 억센 풀아, 사람들아
세상길 돌고 돌아
결국 깃들 수 있는 곳은
토종벌이 잉잉거린 빛깔 고운 패랭이꽃밭.

이제는 아무것도 바랄 수 없는
살아갈 수 있다는 사실만으로도
다행스러운 일
해후의 약속 없음도 슬퍼하지 말아라
지워질래야 지워질 수도 없고
울래야 울어버릴 수만도 없는
우리들의 옛 노래만이
달무리꽃 환한 강가 언덕에
푸른 이끼로 돋아나
모래알처럼 쌓이고 있다.

- 인생의 산정에서 -

　퇴직을 하고 문단 생활에 별로 관심 없이 기간제 교사로 지내고 있을 때 한 번의 만남도 없는 문협 회장께서 광주문학상을 받으라는 전화가 왔다. 상보다 마음이 너무나 고마웠다. 그 후로도 한 번도 뵙지 못하다 요즈음은 가끔 출판사에 들리곤 한다.

다시 문단에 복귀하여 광주문협, 한국문협 이사. 한국 현대시인협회 중앙위원, 광주시인협회 자문위원. 부회장. 회장을 역임하고 지금은 한국문인 권익옹호위원. 산울림동인 창립 및 동인으로 활동하고 있다. 생각지도 안 했던 한국문협에서 주관한 한국문학 백년상을 2010년에 받았다. 다음 해에 광주시문학상을 받았다.

　눈길 어둑해지니 더욱 또렷이 보이는 것이 있다. 고향의 하나하나 풍경과 어머니에 대한 그리움이다. 세월의 흐름은 모든 것을 바꾸어 놓는다. 십 년이면 강산도 변한다는데 강산이 여섯 번이나 바뀌었는데 변하지 않는 것이 있겠는가. 인간의 모습과 생활이 변하듯 고향의 모습도 변하였으리라.

　날씨는 바람 한 점 없고 풀잎 하나 나뭇잎 하나 움직이지 않고 마치 바람이 죽어버린 듯 만물이 영원토록 움직이지 않을 작정을 한 듯한 날, 무등산 등성이에 희뿌연 아지랭이가 뭉게뭉게 피어오르고 있는 것을 보고 있노라니 내가 태어나고 소년기를 보낸 고향의 희미한 옛 그림자들이 삼삼히 떠오르며 그리움이 포말처럼 밀려든다.

　하나 둘 별빛이 살아나듯
　간절하게 부르고 싶은 이름이 있어
　돌각담에 피어난 하얀 찔레꽃
　흔적은 없으나 한결같이 고운 사람들

해는 저물어 갈꽃이 울고 있듯
눈물겹도록 부르고 싶은 이름이 있어
고샅길에 피어난 하얀 찔레꽃
순돌이도 복돌이도 막쇠도
필 닐닐 보리피리 불고

언제나 그랬듯이
그렇게 부르고 싶은 이름이 있어
멋스럽게 함부로 피어난 하얀 찔레꽃
나는 몸살을 앓고
온밤 내 서성이고
그런 이야기가
모닥불이 되고
노래가 되고
그리고 시가 되고.

　　　　　　　　　　　　　　　　　　- 찔레꽃 -

　뻘기꽃 팔랑거린 내 고향은 늦여름이면 온통 메밀꽃이
다. 싱그런 메밀꽃 냄새가 코를 찌르고 암꿩이 알을 품는
전원적인 마을이다. 이효석의 메밀꽃 필 무렵에 허생원
의 인생에 꼭 한 번만 있었던 사랑에 못 이겨 방랑하는
인생에 비유할 것도 없이 메밀꽃에서 오는 그리움은 누
구보다도 짙다. 첫 여름이면 어머니는 메밀밭을 매시고

나는 밭둑에서 놀면서 자랐다. 메밀꽃에서 오는 향기는 내 문학의 모태가 되었는지도 모르겠다. 하늘빛이 유난히도 서러운 어느 날 어머니는 메밀밭을 가지고 저승으로 가시고 깨알같이 피어난 메밀꽃은 천상의 고운 별빛으로 흐르고 나는 하나 둘 세기도 한다. 어머니 가신지 40여 년 지금도 메밀꽃 사이로 나를 살피고 계실 것이다.

팔월 열엿샛날은 어머니 제삿날
개울 건너 메밀밭에 달빛이 하얗게 내린 밤이다
장독대 우물가에
목숨처럼 뿌리내린 늙은 감나무
저리 빨갛게 물들어 가는데
80 평생 동안 다니던 길 되짚어
안산 발치에 누운 우리 어매.

바디집
딸각딸각
내 가슴을
훑고 간 베틀소리
간절한 마음으로 반야심경 소리다.
해안선을 안고 굴러간 파도소리다.

- 제삿날 -

어머니! 우주만상은 영겁 속에서 순환을 거듭하나 봅니다. 엊그제 파란 봄이더니 무덥던 여름 지나고 어느덧 은행잎 노랗게 물든 가을입니다. 머지않아 눈이 내리겠지요. 그러면 우리 함께 눈사람 만들게요. 얼마 전에 당신의 며느리와 옛집에 가서 당신이 심어 놓은 밤나무를 안아보았습니다. 두 팔로 다 안을 수가 없었습니다. 어머니의 사랑인가 봅니다.

보릿고개에서 소쩍새 울면
고놈, 참 능청스럽게 우는구나 하시던
그 말씀 그리워 옛적에 살던 집 찾아갔습니다.
가난을 물들이는 봄바람에
삽사리도 떠나고 없는 마당귀에
노란 장다리꽃이 흔들리고 있었습니다.
뒤란 어귀에 당신이 심어 놓은 하얀 밤꽃 송이마다
맺혀 있는 당신의 수척한 얼굴
지금은 너무 멀어 눈물겹습니다.

빗긴 햇살 설핏하면
새떼 울음소리는 노을길에 잠기고
송아지 부르는 어매의 긴 목청은
오늘도
밀물처럼 그리움처럼 아득히 들려옵니다.

- 밤꽃 -

선시

제2부

눈 내린 간이역

들길도 미루나무도 훌훌 옷을 벗었다.
하나 둘
불빛 살아난 강변 긴 언덕에
외줄기 기적소리 길게 흘리며
3등 열차는 벌레처럼 꼬리를 흔들며 아스라이 사라지고
눈은 푹푹 내려
소리 없이 역사驛舍를 덮는다.

설희라는 이름이 자꾸만 그리워지는
오늘은
강물 따라
길이 하얗게 생기고

역부驛夫의 외투자락에 뚝뚝 떨어지는 눈은
산골 외딴집
집나간 아배는 돌아오지 않고
홀어매와 사는 철든 외딸의 설움만큼 차갑다.

바람은 쌀랑쌀랑 불고

15촉 불빛이 희미한
호젓한 대합실
시린 벤치에 앉아
대처를 떠돈 아들놈 생각에
우는 듯 조는 듯
저승산이 무너질 듯
솔껍질 같은 노파의 두 볼에 흐르는 슬픔은
그리도 어릴적 우리 어매 같은지.

운암리 서정

잎새들 그득 모아 바람의 결을 풀고
즈믄 뜰 노를 젓는
四月, 그 붉은 가슴
타관 땅
문풍지 새로 밤새 눈귀 밝히나.

절산宅 작은 기침 울빗장 죄다 걸고
골골이 맑은 음색
몇 됫박 기척인데
속 품은
사연이 겨워 달이달이 뜨노니 …

웃녘山 얼레 날고 돌쇠가 떠나던 날
말을 할까 이슬 듣는
미쁜 해 우리 사랑
골방에
펼쳐든 수틀 눈이 펑펑 내리네.

백운산에 오르며

섬진강 물소리에
밤꽃밭이 젖고 있다.

몇 통의 꿀벌 치는 일로나
이 세상 심심함을 달래며

가락 틀린 노래를 불러서 무얼하나
시를 써서 무얼하나.

물가에 귀를 대면 은어떼가 해살대고
낙시대를 던지면
물풀들도 몸을 떠는데 -.

이 여울물 흐르는 산자락에
초막 한 채를 지은들 무얼하나.

해질녘 꽃처럼 타는
청솔가리 맑은 연기를 모아
등굽은 버드나무 굽어보는 강물 속에 흘러 보낸들 -.

들판의 벼 그루터기마다
하얗게 서리가 내리면
머리카락을 헤이며
下山이나 할까.

역사役事

온 세상 몰고 온 바람
앞산 뒷산에 밀쳐 두고
꽃밭 속 한낮에 빈 벌 다시 쓸던
저 역사
선지宣紙에 나앉은 말씀
풀잎 모양 돋았네.

석삼년 머리를 앓는 엽서여
그 입체여
일순의 들메한 생각들
주렴 꿰는 새鳥소리
피로한 영혼이 고운 꽃신을 신고 갔나.

즈믄 세월 하늘 땅에 새벽달이 지새는데
꽃처럼 피어나는 세상 밖 방언 떼들
밤샘 획 하나 떼어
나의 역사 달랜다.

능가사에서

흰 구름 몇 굽이 능선을 감고 넘어온다.
솔숲을 헤치고 골짝으로 불어온 바람은 대웅전을 기웃
거리고
고요를 흔들어 깨우는 풍경소리는 단청이 시리다.
제 무게를 이기지 못하여 흐르는 촛불 앞에서
살아서 지은 죄 풀지 못하고
아스라이 너무나 멀리 있는 염원
꼭 감아쥔 두 손 모두우고
들릴 듯 말 듯 향 묻은 음색으로
슬픔을 유언처럼 일궈 올린 여인의 기도 소리
너를 위해 천 번 죽어도 여한이 있으리오.

바람이 지나가고 새들이 지저귄다
전생에 살다 이생의 산자락 속에서 머물다 가고 싶다고
흘러간 세월 무거운 행장 저 멀리 산 아래 벗어놓고
그림자처럼 올라온 비구니의 포름한 눈동자
눈썹 가늘데 덮고 새들의 울음소리에 귀 기우리는 것은
지금껏 마음을 닫지 못하고 두고 온 슬픔 하나 남아
있는 탓일까.

이제 어둠이 내린다
산은 갈매빛 치맛자락 풀어 대웅전을 감아 돌고
사립문 너머 선사禪師가 머무른 뜰방에 가지런히 놓여
있는
고무신 한 켤레
노을빛 곱게 내려 앉아 하늘 끝에 닿으면
슬픔도 가랑잎도 마음에 꽃피면 아름답지 않으리
아미타불 한 줄기 내려와 빈 가슴 가득 채운다.

인 동 기

섬 기슭 조그마한 마을
우리는 새 그물을 쳤다
마를 탱자나무 울타리
몇 마리 참새가 와서
넘어지고
그물코마다 얼어붙은 눈알이
매달려 있다

우리는 죽은 참새가 되지 않으려고
밤새도록 털을 뽑았다
흰 접시에 살점을 바라내며
참새처럼 모여 앉았다
이윽고
남해바다에 잠 같은 눈이 퍼부었다
바다는
참새처럼 밤새도록 쫑알거렸다
개동백 어린 눈꽃을
그해 마지막 눈이 덮어주고 있었다
눈발 속에서
작은 섬들이 몰려 다녔다

적막강산에 앉아서

날씨가 추워서 산국도 빛을 잃고
새떼도 제집으로 돌아간 뒤에
산허리를 감고 돌아온 적막이 내린다

똬리를 틀고 앉은 초막은 집이 나갔나보다
개똥불이 혼불처럼 반짝인다

빈 가슴에 차운 비가 내린다

산을 에워싸고 있는 어둠 속에 정좌하니
산에는 산소리
물에는 물소리
억새밭에 으악새 소리

타는 일몰처럼
가진 것 한줌한줌 버려야 할 때
산새 한 마리가 어둠속을 날아간다.

별 리

홀로 남아 우는 무녀巫女의 설움
어떤 청상의 웃음으로도 달랠 수 없도다.
오직 술이나 조금씩 줄여 먹고
말없이 앓고 떠는 여린 손짓
해 저물면 가요 몇 고개 너머
달 밝은 밤의 별부別賦나 되기도 하리로다.

한 잎의 꽃잎 모양
얼레 설레 나부끼며
떨어진 만남들
밤 깊으면 만상 속 그리움 접어두고
낮은 베개만 더욱 낮게 할 뿐
꿈길 낯설게 튼튼한 잠이나 들 줄 알아야 하리로다.

갯 벌

아우야 들었는가.
울음이 타는 갯벌의 서러운 이야기를
낮달 같은 소망 하나 속 깊이 간직하고
썰물 지면 미끄러지듯 뻘밭 속으로 빠져들어
갈매기가 부리고 간 백합 한 개 캐어 들고
이 것 이 것 봐
사랑보다도 미움보다도
더 큰 사랑.

노을처럼 아름답고
노을처럼 서러운
한 세상
한 세월
질퍽하게 녹아난
가도가도 먼 칠산도 뻘밭길
낙조보다 더 고운 색감으로 번져온
그런 사랑의 뻘내음을 누가 알기나 하나요.

베 짜 기

길아.

오천 년을 어머니 등 뒤에서
흐르던 길아.

딸각딸각
오늘은 한 마장쯤 가고
내일은 두 마장쯤 가고

길은 길어 비틀어진 길
최활로 잡아주고
더러는 패인 웅덩이 물 고이고
쑥국새 울음 빠져들던 길아.

딸각딸각
오늘은 한 마장쯤 가고
내일은 두 마장쯤 가고

가다보면
낮달이 질펀히 엎어져 울기도 하고
쓰디쓴 가난과 학대받은 땅에서
물레와 함께 놀던 길아.

딸각딸각
오늘은 한 마장쯤 가고
내일은 두 마장쯤 가고

하늘의 지혜와 땅의 슬기를 익힌
지금은 천상의 별빛 되어
흐르는 길아.

산사의 눈길을 걸으며

온몸을 태운 선운사 목탁 소리는
쩌렁쩌렁 한 능선이 또 한 능선을 받아넘기고
큰 스님의 불경 외는 자진가락은 나의 등을 파고들었다.
비우고 또 비우고 비울 것 바닥까지 비워도
허공에 뜬 외로움까지는 비울 수 없어
갈매나무 눈 덮인 돌무리길을 걷고 있는가.

바랑 짊어진 스님은 어디론가 살아지고
외줄기 아스라한 하얀 돌길 위에
설움에 주름진 사람들이 놓고 간 돌무더기는
눈사람 되어 장승처럼 앉아 있고
눈꽃이 마디마디 피어 있는 감나무가지에
처절히 매달려 가늘게 떨고 있는 빨간 열매 하나
세사에 그림자 진 여승의 합장으로도 풀길 없는
이 풋풋한 고독
가버린 세월의 아픔도 이만한 것인가.

풋 사 랑

부질없는 것이었을까?

실바람 그리 좋아
칠칠한 빛깔로 나풀거린
청보리밭 언덕에서
약지 걸며 맹세한 미쁜 해 우리 사랑
참으로
헛된 것이었을까?

호미 끝에 묻어나온 각시풀이
그렁그렁 울고 있다

어부의 사랑

여보게,
자네 보았는가
안개 궁그는 이른 새벽
잔물결 거슬러 떠오른
목선 한 척을.

시린 돛대 끝에
퇴색한 깃발은 눈물로 얼어붙고
갯내음 묻어난
젊은 아낙의 적삼자락에
뚝뚝 떨어진 지전 몇 잎들
포롱한 목숨으로 탄생한다.

은빛으로 펄펄 뛰는 어족들아
간절한 마음으로
밤마다 꿈을 키우는
어쩌면 내 사랑은 오직 너뿐인가 보다.

이 한 경치 속에

흰 눈발이 치는 날 썩은 고목가지 위에
누가 서서 줄을 돌리는지 홍매紅梅 붉은
꽃잎들이 팔짝팔짝 줄을 넘는다.

아랫도리에서 윗도리로 줄을
넘는 꽃잎들
핏물보다 고운 빛깔로
저희들끼리 뺨 부비며 속삭인다.

윙윙 참벌떼 날으듯
아픈 혈맥 공중에 뻗는
아, 이 한 경치 속에
누가 자꾸 줄을 돌리는
줄을 넘어 쏟아진 불티들
흰 눈 속에 떠서 간다.

눈보라 속 알 수 없는 힘들이
한 줄 넘고 두 줄 넘고
자꼬만 줄을 넘는다.

달 밤

선방禪房인 듯
풀벌레 소리도 들리지 않는다.
살문에 걸려 있는 원고지 위에
가을 속에 별이 떨어지고
묵향 그윽한 구름은
한지에 수묵화를 그리고
잎새가 떠난 나뭇가지에
둥지를 틀고 앉은
목청 고운 새 한 마리
인생은 외롭지도 않고 서럽지도 않다고
연신 눈알을 굴리고 있다.

바람이 빈 가지에 걸리면
흰 달빛은 난을 치고
울지도 못한 들새 한 마리
불연 듯 날아와
하늘가에 앉았다 떠나간다.

밀 어

봄눈 녹아 흐르는 강가에
심술궂게 한들한들 부는 바람은
눈먼 처녀의 분홍치마 속살을 간지르고
야들야들 피어나는
꽃다지, 질경이, 달래, 마타리…
마디마디 들려오는 생명의 숨은 소리
타는 아지랑이 청보리밭 어귀에
자근자근 삽사리 자웅 겨루는 숨소리
갑사댕기 가시내가 오동잎 사이로 엿보고 있다
이런 날엔 나도 모르게
서름서름 머언 향수에 잠긴다.

이 봄날에

봄이다
봄날이다
생떼 난 봄빛이다.
아지랑이 새실거리며
종다리는 까무러치게 울어쌓고
뻐꾹새 울음도 치렁치렁 온산 물들이는
목청껏 피 끓어 오르는 봄이다
언치 내려놓고 허청에 퍼질러 누어있는 쟁기 일깨워
풀썩풀썩 흙을 뒤집는다.
갑사댕기 속살보다 부드러운 흙이 화냥기가 낫는가
슬슬 냄새를 피워 올린다
얄궂게도 몇 해 전 산 너머 시집간 삭정이 당고모가
튼실한 젖가슴 풀어헤치고 친정에 오는 날이다.
골목 어귀에서 삽사리 쌔근거리는 모습 엿보고
내 마음도 살짝 붉어지려고 하는데
담벼락에 붙어선 가시내들이 철없이 낄낄거린다.
살아있는 것 알몸으로 춤춘 참 햇볕 좋은
그런 봄날이다.

세월은 가고

그 시절 그 사람은
떠나고 없지만
내 가슴 무늬 속에
꽃다운 입술 남아 있네.

봄 여름 가을
세월은 흘러가고
눈은 푹푹 내리고
카바이드 등불 너머
맑디맑은 소주잔 속에
포름한 그대 아미 반갑다 웃네.

가을 공원 벤치
그대 앉은 자리 텅 비었지만
이름은 남아 있네.

바람 불고 꽃은 시들고
나뭇잎 구르다 흙이 되면
나그네 길 떠나듯

노을 비낀 길 외로이 걸어가며
청솔 맑은 연기나 흘려보내야 하리.

별아, 푸른 별아

누가
겨울 이 한 밤에
저리 울고 있는가.

몇 개의 나뭇잎이 떨고 있는
나뭇가지 사이로
바람이 지나가면서 우는소리
악공이 타는 날카로운 실핏줄소리.

쓸쓸한 거리 습내나는 셋방
허름한 옷가지 감아 웅크리고
슬픔이며 한탄이며 어지러운 많은 생각이
돌이 되어 가라앉으면.

누이야 보았는가
쌀랑쌀랑 바람에 스치는
또렷하게 반짝이는 푸른 별 하나.

누가
이 한 밤에
소리 내어 울고 있다고 하는가.

시 골 길

삘기꽃 허옇게 타는 시골길
시간을 칼질하는 여윈 손길을
일직선으로 놓으면
모든 그림자는 뱃속으로 기어들고
나의 체중도 백지장처럼 흔들린다
흔들리면서 어느 빌딩에 갇혀 있는
그림자를 생각한다

노상의 열 두 시를 생각 한다
얼룩소 한가히 오수에 취한 시골길
감춘 그림자는 입을 토해 나와
여러 마리 개미로 흩어지고
통나무를 업어보려는 그들의 욕망
마른 지렁이 한 마리가
수갑의 고리에 묶여 가고 있다

황갈색의 속살을 비집어
인간의 번뇌까지고 묻어 버리고
여름의 환한 불볕 속에서

까맣게 흩어지는 개미떼를 보면
노상의 열 두 시는 순수하게 나를 적신다
질펀질펀 그림자가 밟히지 않는 낮 열 두 시
시골길에 미친 내 웃음소리가 흩어진다
흰 뼈들이 걸어나와 소리 없이 타고 있다

변강쇠 타령

세월의 맨바닥에 어둡게 나뒹군
더벅머리 스물 여덟의 남자가
목신木神에 온통 가슴만 물려 있었다.
열 다섯 낮밤 빈 나무지게를 지고
방황하는 고백告白의 젊은이들이
지리산 안개 깊숙한 곳 울분의 말뚝을 박아 두고
머리칼 몇 개의 품삯을 건네준다.
두 귀를 댄 정갈한 잔을 채우고
사자탈을 썼다.

젖은 장승을 모아 잇대는 불칼
기꺼운 공석空蓆 아래 성정性情의 무릎을 베고
훈장 같은 해가 뜨고 저물던 마을
오 저승 산이 무너질 듯 북쪽 끝의 바람이 불고
한때 발 손뼉을 치는 한 사내가
풀밭 보이는 색정 의 안경을 쓰고
밤새
뒹굴고 또 뒹굴었다.

모정

제3부

그래도 찔레꽃은 피는데

소년의 마을은
소꿉동무들과 꿈을 키우던 고샅 길
자잘한 찔레꽃은 흐드러지게 피었습니다
화들짝 놀란 꽃샘바람은
진달래꽃망울 부풀대로 부풀리고
봄비는 산 너머 산마다 파랗게 물 드렸습니다.
골밭 가는 길 하얗게 피어오른 목화송이
아가, 소나기 올라
강바람 싸늘하고 스쳐간 여우비는 도랑물소리 키웠습니다.
기다릴 세월도 없는데
바다 건너 서울로만 간다는 완행열차가
한 소절 울 때마다 떨어지는 꽃잎은 참으로 섧기도
했습니다.

언제부터인가
내 마음의 빈터에 자리 잡은
황혼 속 꽃비 무늬 바다 풍경이 자주 그려져 찾아가
보았습니다.
바다는 거기 소리 없이 가만히 누워 있고

노을빛 하늘은 촉촉한 잿빛 색깔로 널려져 있으며
　함지박에 은빛 고기는 늙은 뱃가죽처럼 비린내만 풍기
고 있었습니다.

날이면 날마다 바다는 낡아만 갑니다
바다는 늙고 흙의 시는 죽었다, 어느 시인의 말입니다.
그래도 어쩌겠나?
뜸북새는 울고 찔레꽃은 피는데

봄비 내리자 물길 거슬러 오르는 은피라미떼도 시요,
허공에 매달려 빨갛게 타오른 까치밥도 시요,
소달구지 몰고 볏짐 나르는 아버지의 지친 삭신도 시요,
"얼룩배기 황소가
해설피 금빛 게으른 울음을 우는 곳"도 시입니다.

뜸북뜸북 모내기 알리고
쑥국새 울음 빠져들던 노을길
하나하나 눈물 녹이는 서정이 아닐런지요

옛집에서

겨울바람에 센 머리 날리는
엄니 홀로 두고
새벽바람처럼 와버린 탓일까?

벌레 먹은 문설주에
녹슬은 풍경이 하나 걸려 있고
헐은 흙담에 찔레꽃은 피었다 져도
뇌 속에 깊이깊이 박혀 있는
천연색 필름 한 소절.

차마 닿지 못할 그리움으로
낮달은 흘러가고
막막한 세월 팔십 평생을
딸각딸각 바디집 울음 속에
땅욕심 자식 사랑에 묵정밭 일군 농사꾼으로 살다
고샅길 따라 할미꽃 피어 있는 솔밭에 가셨나?
눈물겹도록 서러운 우리 어매.

밤 꽃

보릿고개에서 소쩍새 울면
고놈, 참 능청스럽게 우는구나 하시던
그 말씀 그리워 옛적에 살던 집 찾아 갔습니다.
가난을 물들이는 봄바람에
삽사리도 떠나고 없는 마당귀에
노란 장다리꽃이 흔들리고 있었습니다.
뒤란 어귀에 당신이 심어놓은 하얀 밤꽃송이 마다
맺혀 있는 어머니의 수척한 얼굴
지금은 너무 멀어서 눈물겹습니다.

빗긴 햇살 설핏하면
새떼 울음소리는 노을길에 잠기고
송아지 부르는 어매의 긴 목청은
오늘도
밀물처럼 그리움처럼 아득히 들려옵니다.

이 슬

그렁그렁한 세월

새벽 닭울음소리에 눈떠

해 저물도록

허공을 가른 햇빛 아래서

콩 감자 수수 어린 것들 어루만지다

느릿느릿 땅거미 내려오면

밤이슬 밟고 돌아온 당신의 발자국 마디마디에서 떨어지는

맑은 이슬방울이 나를 키웠다는 것을

이 나이가 돼서야 알았습니다.

뜸북새 울음소리도 끊기고 당신의 생은 저물었어도

당신이 살다간 보리밭 언덕에 종다리 우는 이른 봄날이면

영롱한 빛깔로

텃밭을 파랗게 키우다 나락꽃 떨어지면 스러진 이슬을 보고나서야

당신의 사랑을 알았습니다.

누구를 위하여
무엇을 위하여 당신은
아침 이슬로 살아나 풀뿌리를 적시고 들꽃을 말갛게
물들이다
저녁 어스름이 살며시 내려오기 시작하면 서쪽 하늘에
작은 별로 빤짝입니까?

불 두 화 佛頭花

멧새가 울고 간 뙈밭에
어스름이 내리자
풀린 실마리처럼
울멍울멍 솟아오른
울 엄니 베틀노래와 더불어
노을빛 가르며 날아가는 외기러기
가는 곳은 서방정토일까?

독경소리 아스라이 감아 도는
동그마한 묘지에
흰백으로 피어난 한 송이 불두화.

까 치 밥

선운사 돌길 오르는
늦은 가을 풍경 속에
수도승이 일궈 올린
하얀 허공에 매달려
파르르 떨고 있는 불꽃같은 그리움.

기다림의 세월도 없이
손갈퀴로 산밭만 일구다
위낭소리 흐르는 고샅길 돌아보며
'너화너 너화허
북망산천 머다더니 여기가 북망일세'
구슬픈 열두 당군 소리 밟고 저승 가는
청상과부의 눈물방울.

흐르는 것이 어디 물뿐이랴

까투리 한 마리가 푸드득 깃털 세우며 백토재를 넘더니
땅거미가 야금야금 마을로 내려옵니다.
청솔 냉갈은 차마 솟아오르지 못하고 들판으로 안개처
럼 흐르고
서녘 하늘가에는 초승달이 핏빛을 머금고 떠오릅니다.

그 초승달에서 대숲의 떨림을 보았고
딸각딸각 바디집 우는 소리도 들었습니다.
이 극진한 떨림과 울음 속에서 한 생은 저물어 갔습니다.

참새들은 떼 몰려 제 집 찾아들고
서리에 젖은 짚벼눌 같은 외딴 오두막지붕에
고추가 노을처럼 마지막 빛을 거두어 가고
허공에는 시리도록 붉은 까치밥이 홀로 떨고 있습니다.
도랑 건너 산골 초가에 가느다란 불빛이 하나 살아납
니다.
터 잡고 흙 속에서 살던 낯익은 사람들
벌써 산비탈로 하나 둘 돌아가 포근히 잠들고 있는데

안간 힘으로 일으켜 세우려는 늙은 할매의 기침 넘어
가는 소리가 들려오면
　내 가슴에 허무가 안겨들어 똬리를 틉니다
　뼈가 저리도록
　참, 덧없는 것이 사람 사는 일인 것 같습니다.

　초승달 재 넘은지 이미 오래이고
　어둠이 밀려오는 소리도 기억으로부터 차츰차츰 멀어
져 갑니다
　늙은 산은 검정 치맛자락을 두르고 수도승처럼 앉아
있습니다.
　어머니,
　어둠이 죽음처럼 밀려와도
　기다림의 끝을 놓지 않고 말하지도 않겠습니다.
　거자필반이란 말을 진리라고 믿으면서 하루하루 낡아
가겠습니다.

도라지꽃이 좋아

미쳐버린 세상이 반란하던 날
황톳길 따라 굴비처럼 묶여 가던 흰옷 입은 사람들
앞산 머리 다복솔 아래서 밝은 두 눈으로
나는 똑똑히 보았다.
적막한 대밭 불꽃은 전쟁처럼 타오르고
되짚어 돌아올 수 없는 그 길
애틋하게 순한 사내를 보내고
센머리 날리며 타박타박 살아간 엄니는
달빛이 눈물겹도록 서러운 밤이면
애기무당 불러 굿판 벌리다
서낭골 당산나무에서 부엉이가 부형부형 울면
도라지꽃이 곱게 피었다고
아비가 부른가보다 궁실거리며
청솔연기 궁구는 흙담길을 돌아
눈웃음 지으며 개울물 건너가는 날은
부엉새도 울지 않고
찬비만 자박자박 내리고 있었네.

봄은 봄인데

젊은 아배가 남기고 간
옷깃 절인 삶의 흔적들이
조각조각 박혀있는 처마에
그래도
낙숫물은 떨어진다.

집나간 남새밭에 어둠살이 껴도
푸성귀 뜯고 쑥부쟁이 캐면서
늙은 어매 자글자글한 주름꽃은
풀벌레 소리를 파랗게 키우고 있었네.

어머니 노래

내 고향 달맞이하던 동산에
나풀거린 억새꽃이 의뭉스럽게 피었습니다.

사랑하던 꽃과 새와 사람들 떠올리며
싸늘하게 피어난 가을빛이 서러워
억새는 울고 나는
저무는 황혼 속에서 베틀노래를 들었습니다.

눈물로 행구워 온 세월
지그재그로 뺨을 타고 흐르던
웃을수록
자글자글한 당신의 얼굴이
지금은
너무 멀어 향기롭기만 합니다.

홍시감

손톱 밑 때를 파내며
평생 농사꾼으로 살았다
그믐밤 산길 같은 세상
신명도 나들이도 슬픔도 접어두고
무명 적삼에 갈퀴손으로 돼밭만 일구다
며느리와 툇마루에서 웃음꽃 자글거리다
"애야, 나 이제 좋은 세상 모든 것 내려놓고 가야겠다"

참, 덧없어라.
당산 고개 넘어 마지막 가는 길에
슬픈 산다화 한 송이 빨갛게 피어나고 있었다.

그 새 말랐던 눈꺼풀이 척척하게 젖어오는 것은
팔월 한가위 어머니 제삿날
옛 살던 장꽝 어귀에
당신이 심어 놓은 홍시감이
달빛 속에 반짝이는 것을 보고나서입니다.

슬픈 노정

이 땅에서 살다간 흔적인가
마른 가지 끝에 절인 적삼자락이 팔랑거린다.

기다릴 세월도 없이
삼년에 삼년을 보태면
배레모 쓰고 지팡이 흔들거리며 돌아온다고
허리 굽은 어매도 성긴 띠집도
들불처럼 번지던 쥐불놀이도 등 돌리고
앞집 장다리는 부역질로 낸 신작로 따라
눈시울 적시며 괴나리봇짐을 쌓다네.

석석 삼년 동안 장다리꽃은 피었다 또 지고
눈물 콧물 반반씩 섞어 지근 질겅 밟히면서
골짝에 골짝을 가랑잎처럼 쓸려 다니다
워낭소리 흐르는 고샅길
빈손 웅크리고
도둑고양이처럼 말없이 돌아와
꽃상여 앞세우고
어매야어매야 얼굴 부비며 부르는

꽃 같은 붉은 울음은
돌아올 수 없는 능선을 넘어가고 있었다네.

서녘 하늘에 꽃구름만 말없이 흘러가고.

길

낙엽처럼 구르는 목숨도
꼭 가야할 길이 있기에
눈물도 팔고 웃음도 팔고 글도 팔고
팔고팔고 또 팔고
질경질경 씹으면서 걸어온 길
그 길 열량은 몇 백도 C 나 될까?

눈서리 잦아들고 개울물은 흘러도
바람은 도리어 차가웠다.

모두 돌아갈 곳으로 돌아가고
이제 어찌할꼬?
송치 재 넘어 신발이 해지도록 30리 오일장
오고가던 길
발갛게 달아오른 우리 어매 담배꽃을.

동 천 冬泉

개똥이 불 밝힌 산골이다.
봄, 여름, 가을, 겨울
끊어질 듯 끊어질 듯
지친 사람들이 사랑을 키우는
산자락 바위 틈새로 솟아오른 찬 샘물
계절의 빛깔 속에 파아란 하늘이 있고
낮달이 흘러가고 구름이 떠가고.

날이면 날마다
이 샘물 길어 발등에 붓고
아등바등 자식농사 바라며
황토밭에 눌러 앉아 텃새로 살던 사람들
하나 둘 비탈진 양달에 묻히고
지금은 한 줄기 실개울로 흘러.

물길 속에
내 얼굴 불그스름히 비쳐오는 것은
능선 너머 그리움 하나 묻어두고 온 탓일까?

향수

제4부

그해, 가을

내 고향
갈재 넘어 月下 가는 길
서리 찬 왕머루 무리져 익어가고
구절 ~구절~ 구절초 피어난
가을 속으로 한 줄기 기러기
끼르륵끼르륵 하얗게 떠간다.

가을빛 번져
잘 익은 강낭콩 머리에 이고
비단옷 날개로 하늘하늘 춤을 춘
사랑이야기
그 새 잊을만한 세월이 지났는데도
더욱 또렷이 떠 오는 것은
보리피리 언덕에
우리들의 꿈 하나 묻어두고 온 탓일까?

고비 사막

숲속 빈집들
그 해, 인공기 뜨는 날
흰옷 입은 백성들이 포승줄에 묶여
줄줄이 끌려가던 신작로는
새끼를 치고 키는 쑥쑥 자라서
그 길 따라
눈 내리는 고비~ 고비~ 때 마다
내빼듯 떠난 눈에 익은 얼굴들
고샅길에 봄비 내려
촉촉해지면 돌아와 부르려나.
'고향의 봄' 노래를.

흙

어떤 시인은
흙을 보듬고 울었다고 한다.
주걱주걱 눈물 받아
새싹 틔운 흙의 본성
황토빛 홍수에 쓸리어
까맣게 타버린 상처를 끌어안고
타오른 눈자위 붉히며 통곡하였으리라.

그렇다고 세상은 눈물 흘리지 않는다.
간난을 새김질하며 추운 땅 일구며
기침소리 뱉으며 숨 가쁘게 홀로 살던
이웃집 마음씨 좋은 철용이 아저씨
농사도 막장이다.
품삯 떼고 비료값 빼고 이것 떼고 저것 빼고
미국산 망고에 과일값도 똥값이라
말짱 허탕인 흙을 지랄헌다고 또 속겠냐고
버리고 먼 길 떠난 둥지 같은 빈집
상여집 같은 동토여.

세상은 화냥기가 났는가
흙은 눈 먼 탐욕의 괴물이 될 뿐이다.

낮 달

달하, 달하
술래 잡던 순이가 숨던 고흔 달하.

이제
낙숫물 떨어지는
헐은 추녀 끝에 걸려 있는
사발조각 같은 실향의 낮달.

포구에서

목발장단 서러운 고향에 가면
'범버꾸범버꾸, 얌얌'
입술 까만 동무들이 콩서리하면서 부르는 노래인가.

북으로만 내빼는 기찻길이 꿈길이라고
바지게 작대기 하나 둘 팽개치고
이제는 내가 아는 얼굴 되어
말뚝에 박힌 소처럼 그렁그렁한 눈 꿈벅이는
맛없는 고향
뱃길 끊긴 포구에서
쉬도록 부르고 싶은 이름은 많은데
끌어안아 입 맞출 그리움은 없어
끼룩끼룩 떠가는 갈매기 울음소리
티눈처럼 참, 서글프기도 하다.

빈 들녘

적막강산
한 줄기 기러기 끼럭 끼럭 황혼 속으로 날아간다.

서리 내린 철새들 하나 둘 떠나버린 들판은
마른 새순들만 설레설레 고개 흔들고
둔덕에는 죽은 목숨처럼 쪼그리고 있는 쑥뿌쟁이들
붉게 타오른 삶의 파편이 서럽다.

한 뙈기 그리움의 아픔을 참으며
떠나지 못하고 깊게 뿌리내린 사람들
병든 논바닥에 농약병이 해골처럼 반짝여 오는 것은
사지를 뻗고 누워있는 동공 없는 허수아비 때문일까.

볏짐행렬이 춤추던 논둑길은
잡풀만 움쑥 키워 작대기로 괴놀 언덕도 없어
목발장단에 참새들 노래할 곳도 없다

덧없어라,
메뚜기를 좇던 들판에

나락꽃 허옇게 피면 참새떼 날고 금빛 출렁이는
혹, 그런 날은 오기나 할랑가?

여 수 旅愁

옛적 산성에 봄비 내리고
청솔연기 피어오른 고향은 있다.

엷은 잎새는 팔랑거리고
솔바람 싸늘한 지는 하루에 기대어
황혼에 젖는다.

흙바람벽에 가을바람 번지면
이 세상 슬픔 같은 것은 별게 아니라고
목발장단에 볏짐행렬이 넘실거리고
도리깨질하면 춤사위 벌리던 진지리콩들
참깨꽃 막대기로 털면 쏴쏴 쏟아지는
한 움큼 알맹이들이여.

들꽃 다투듯 피어나는 학교 길 따라
뜀박질하며 객기 잘 부리던
국민학교 동창회 명단에 하나 둘 지워진
텃세로 살던 동무들
슬픈 인연이나 떠올리며

장돌뱅이의 고달픈 추억처럼
그리운 꽃길이나 통째로 보듬고
의뭉하게 눈물이나 녹일까.

모닥불

참새떼도 날지 않는다.
고향 같은 게 뭐 별것이냐고
죄 많은 땅, 별게 아니다 라고 소리 내어 외쳐도
북새가 벌겋게 달아오르면
모닥불처럼 활활 타오른
아직도 흔들리는 우리들의 사랑
해지는 곳에 갈매기 울음소리만 구슬프다.

별을 볼 수 있는 눈이 없고
흙을 밟아 볼 수 있는 발이 없고
너를 안아 볼 수 있는 손이 없고
귀또리 울음소리를 들을 수 있는 귀가 없고
나는 눈, 발, 손, 귀가 없는
허공 속에 살아간 짐승이다.

황망히 가버렸네
까뭇까뭇 사위어가는 모닥불 위에
눈물겹다 나의 영혼.

산성 옛터에서

오랜 세월의 뒤안길에서 돌아와
옛적 뒷동산에 오르니
먼 산 바다에는 실구름 내리고
앞산에 뻐꾸기 참 팍팍하게 우는구나
넉넉히 굽어보던
추억의 곰솔나무는 뿌리 뽑혀 흔적 없고
넉살 잘 부리고 헛헛하게 웃으시며
단옷날이면 그네 매주시던
본동 덕보 할아버지 무덤에 팔랑거린 하얀 뻴기꽃
살아서 섧은 삶 죽어서 꽃으로 부활했나.

진달래꽃 붉을 대로 붉다가 드디어 지고
보리밭 언덕에 피죽바람이 불어오면
뿌리박고 살아온 토박이를 떠나게 했고
일찍 부모 잃고 형수에게 휘둘려 눈물에 튼 손
회열이를 떠나게 했고
맛없는 세상 척척하게 살던 소꿉동무 종달이.

까투리 사랑 찾아 목청 높이자
저절로 흘러나온 또렷한 옛 이름들
너무 멀어 그립구나.

흙바람길 따라

내 소년 때 꿈을 키운 삼 십리 흙바람길
사르륵 사르륵 눈이 내리다 문득 궁금해지면
매운 바람에 나무들은 휘파람소리를 냈다
간짓대를 걸쳐놓은 듯한 산과 산은 마주 앉아 있고
여기가 사람이 사는가 싶어 돌아보면
차마 솟아오르지 못한 청솔연기는 들판을 깔고 흘러갔다.
잘은 모르지만 난리가 났다는 그 해
순한 백성들 줄줄이 묶여가
성한 육신으로는 오지 못하고 혼백으로 돌아왔다.
날 궂은 저녁이면 검푸른 바다에서 도깨비불은 깨금발
로 춤사위를 벌리고
어느 메 깊은 골에서 부엉이들이 부헝부헝 밤새껏 울
었다.
그래도 사람들은 아무 말도 하지 않았다.
침묵해야 한다는 것을 모두 알고 있는 듯
젊음도 노파의 콜록거림도 열여덟의 꽃처럼 붉은 젖가
슴도
실핏줄보다 더 진한 강물에 흘려보냈다.

이렇게 어수선하고 살기찬 세월 속에서도
실개천에 피라미와 물방개가 물길 거슬러 오르고
뒤란에 살구꽃피고 삭정이 울에도 찔레꽃이 무더기로
피어나면
솔숲에 숨은 뻐꾸기는 골 골 골 끓어오르는 피를 토하
듯 울었다.
그런가 하면 송아지 어미 찾는 소리와 한철 살다갈
슬픈 목숨인데도
매미의 울음소리는 자진모리 휘모리를 섞어가며 온
마을을 적셨다.
나는 동산 다복솔 아래서 서울로 가는 3등 열차를 바
라보며
허생원의 먼 향수에 젖어 꿈꾸듯 별을 노래하기도 했다.

흙바람길 의뭉해도
강물은 흐르고 한 발짝도 머무를 수 없어
북쪽으로만 내빼는 신작로 쫓아
찬서리 내린 새벽길 도둑처럼 떠났다
그 뒤로도 연해 길은 칡넝쿨처럼 고개를 넘고 자라서

그 길 따라 무녀리들도 바람과 철새와 같이 떠나버리고
낮달은 파리하고 새털구름만 조각조각 넋을 잃고 떠도
는데
돌아갈 길 어둑하고 너무 멀어서
누가 있어 불 밝히려나, 벌레 먹은 빈 집들.

올해도 소쩍새는 울지 안했다

명지바람 불면 다복솔 아래 꿩이 알을 품는다는
보릿고개 언덕에서 평생 농사꾼으로 살았다
올해도 보리꽃은 피었으나 소쩍새는 죽었나 피죽바람
만 솔 끝에 자욱하고
뒤주에는 슬픔만 그득히 담겨있다
하루해는 반갑지 않게 길기만 하고 굴뚝에는 냉갈도
피어오르지 안했다
뿌옇게 달아오른 얼굴들 그래도 만나면 서로 반갑고
풋보리 거두어 맷돌에 웃갈아 헛배를 속였다.

구름이 모여들어 비 내리면
강물은 곱게 흘러 흙을 들쑤시어
나락꽃 하얗게 피면 새떼들 몰려들 꿈을 키우면서
손톱 자랄 틈도 없이
쟁글쟁글한 땡볕 녹이며 한 벌 매고 두 벌 매고 만물
매는
텃새처럼 흙 속에 살던 순한 사람들.

어느 날 갑자기 밀려온 무서리에
허사로다 한 해 농사
타는 여름 한철 죽정이만 키웠단 말인가
농군들이 내뱉은 한숨소리 깊어만 가고
서릿발은 수북이 쌓이는데
이젠 더 볼 것 없다고
눈에 익은 쟁기 쇠스랑 가래 써레 지게목발 장단에
눈시울 붉히며
먼 길 흐르고 흘러 둥지 튼 곳 어디일까?

두고 간 농기구 할 일 없어 먼 산 기웃거리고
농군이 남기고 간 빈터에 빨갛게 달아오른 홍시감
까치도 버렸는가?
노을빛 풍경처럼 서럽다.

향 수

실 비 그치자
파랗게 피어난 들풀
하늘빛이 서럽것다.

다복솔 아래 까투리 사랑 찾아
천년 세월에도 닳지 않을
푸드득 갈기 세운 메아리.

흔적 없어

이 집도 옛적에 호롱불 밝혔으리라
황소를 키웠다는 외양간
잡풀은 썩은 울타리를 타고 넘는다.

태어난 땅
다시는 오지 않으리라
옹이 굵은 손으로 다랑지만 일구시던
당재 너머 상일꾼 아저씨
이 세상 더 볼 것 없다고
도랑 건너 벌써 솔밭에 가셨나?
달도 뜨지 않는 빈터에
가을바람만 싸늘하게 번진다.

파 장

가자미처럼 엎드려 있는 산촌 마을에
오일장이 서는 날이면
이리 설렌 마음에 길 떠
된서리 성성한 산모롱이를 돌아가려는데
솔빛 붉은 풍경에 얼핏 고개 드니
아, 이를 어쩌랴
구룡산 뙈기에 까맣게 타버린 고구마 잎새들
소리죽여 울고 싶은 마음이었는데
올망졸망 실은 달구지 바퀴살은 잘도 굴러
자갈들이 섞여 넘어지면서 흥얼거리는 소리 들었을 때
살아 있는 맛이 들기도 하고
송치산 고개를 골골이 넘어 온 세상에 물이 덜든 장꾼
들의
흥성스런 인정을 보았을 때
아직은 살아볼만한 세상이라고
그런가하면 곡예단의 춤사위에 실어오는
트럼펫 소리는 세상살이를 안고 흘러가고 있었다.

가는 세월 손꼽으며
한 잔 한 잔

어느덧 취기는 서리고
반조된 노을빛 속으로 빨려들어 간
차마 내 마음이 감당할 수 없는
허무가 똬리 튼 스산한 텅 빈 파장 터
메밀꽃 필 무렵 나귀의 방울소리만 달랑달랑 굴러가고
분칠한 곡예사의 얼굴이 가랑잎을 안고 바람을 몰고
다니는데
지전 몇 잎 주고 간 닭 울음소리가 핏날처럼 들려오는
것은
살아온 세월의 옹이가 너무나 굵은 탓일까.

삶   제5부

등 꽃

척박한 땅에 뿌리 내리고
밑동부터 가닥가닥 꼬이면서
바지랑대를 타고 올라
허공 가득한 겨울바람 잦아들면
헝클어지면서 피어난 꽃 왜 저리 향기로운가를
모르는 사람과는 인생을 말하지 말아라.

해 뜨는 간척지에서
흔들고 흔들리며 키우는 우리들의 꿈
저 등꽃 줄기에게 물어 보아라
그 길이 있다면 어디에 있는가를.

돌각담 아래서

영影아
시월을 준비하는
교회당 돌각담에 뿌리내린 담쟁이
살짝 붉힌 이파리처럼
사랑에 익숙한 자는
봄 여름 다 지내고
떠날 때가 돼서야
저렇게 물들고 있나 봐.

나는 사랑하리
지는 놀빛보다 고운
돌담에 토해 낸 시월의 말들을.

포장마차

이렇게 눈이 펑펑 내린 밤에는
타오르는 불길처럼
나는 왜 이렇게 소주가 먹고 싶을까.

그해 겨울은 눈도 참 많이도 내렸다
충무로 진고개 넘어가는 길목에
눈바람 싸늘하고 삶이 서러운 포장마차
카바이트 등불은 이승과 저승을 넘나들고
한 잔의 술을 마시며
모나카비티의 사랑이야기를 들으며 떠나간 세발의자에
우리도 그와 같이 앉아 심장처럼 따스한 오뎅국물
토닥토닥 익어가던 실오리 같은 참새다리에
은피라미떼인 듯 눈은 마알간 소주잔 속에서 팔랑거리고
앵도꽃 피면 대추에 햇밤 담아놓고 우리들의 사랑 꿰매자던
세월에도 닳지 않을 어설픈 사랑이야기.

세월은 가고 인생은 저물어도
생가시처럼 목에 걸린

소주 같은 맑디맑은 세월이어
지금은 너무 멀어 소주잔 속에서만 출렁거린
앉을 수도 없는 눈물겹도록 발이 시린 포장마차여.

봄의 미로 迷路

여러 개의 꽃을 따들고
이쪽을 보며 웃는다.
꽃은 꺾이면서 무슨 소리를 했지만
꽃의 음성을 알아듣지 못한다.

방금 울타리를 넘어 온
나비 한 마리가 부러진 꽃대에
뜨거운 입김을 날리며
약방문藥方文을 내주고 간다.
그래도 우리는 알지 못한다.

꽃대를 타고 온 진한 수액樹液 들이
그들의 얼굴을 찾으며
고개를 휘두르고 있지만
그래도 우리는 알아보지 못한다.

노 숙 자

흙바람 속에서
감꽃 지는 줄도 모르고
납작납작 엎드려
자갈 땅 일구며 꿈을 키운 사람들
참으로, 헛된 것이었을까?

서울은 막장이다
지하도 세면바닥에 모로 웅크리고 누워
가쁘게 콜록거린
세상이 버리고 버린 사람이 불러본
뼈 시린 실향가
누가 들어 줄 사람이나 있을랑가?

단 상

귀또리 울음소리가 낙엽을 쓸고 가는 밤
잿빛 꿈으로 헛헛하게 웃는 시인이여
낙엽에 눈물짓지 말라
달빛에 슬퍼하지 말라
낙엽은 씨앗의 산물이고
달빛은 사랑의 넋이라 부르리.

만 장의 종이를 태우면서
지는 놀을 보듬고
노래하고 싶다.
이글이글 타오른 불꽃같은 삶을.

터 널

사람 사는 일이 참으로 아득하여
태산이 울고 있다
이 산을 뚫어 가면
밝은 햇빛 터지고 가을 바람에 참새떼들 돌아올까?

긴 세월 동안 눈은 내려
제풀로 이기지 못한 늙은 소나무가지
와지끈하는 소리에
번쩍 고개 드니
아차 하는 사이 까칠하게 살아온 길
참, 덧없구나.

어둑할 나이에
흔들리는 꿈을 키우는 것은 부질없는 일일까?

꿈

풀린 눈동자는 시선 없이 바라본다.
싸락눈이 내린다
달동내 헉헉 오른 깔그막길
흐릿한 가로등불 속으로 피라미떼가 몰려온다
허름한 해장국집에서 보글보글 똥창 끓는 향내가
호흡기를 달고 두드러기처럼 온몸에 번진다
흘러간 시간 속에서 눈은 길을 지우고 있다

쫓기듯 튀어나온 생쥐가 쏜살같이 지나간다.
봄은 얼음장 밑에 묶여 있어도
나는 눈 속에서 산수유꽃을 보았다
흔들리는 나의 꿈
이 막장을 뚫고 가면 빨간 산다화 한 송이라도 피어
있으려나?

뿌리 없는 사람들

서울은 막장이다
지하도 계단에 쪼그리고 앉아
튼 손으로 눈물 훔치며
"한 푼만 보태 주십시오"
울어줄 사람 하나 없는
죽어가는 불쌍한 목숨을 위해

새벽을 알리는 콜록거리는 소리
서울은 진폐증이다
완행열차에서 내린 표정 없는 얼굴들
횡뎅그렁한 지하도를 꾸역꾸역 빠져나와
뿌리 없는 발길들 부산하게 흩어진다.

간판도 없는 특별시 퇴락한 목로에서
입술 닳은 사발에 눈물이나 녹이고 있을까.

어부의 노래

해와 달이 알몸으로 만난
마령포구 저 멀리
서해바다에 꽃비가 내린다.

꽃길 동무삼아 바닷길 따라가면
별똥별이 되지못한
보리밭 언덕에서 부르던 노래는
노을빛으로 살아오는 것을.

신새벽부터 팔다 남은
함지박에 튀어 오른 고기 몇 마리
진한 은빛 눈물로 비쳐오는 것은
시리게시리게 살아온
노을이라도 태워버릴 어부의 슬픔인가.

꽃비 그치고 해는 저물어
별들이 총총히 돋아나면
비릿한 고등어 한 마리 들고
쩔룩거리며 해안길 따라

온기 없는 초막으로 돌아간
어부의 서러운 사랑 이야기.

그 림 자

언뜻언뜻
실구름 속에 흘러간 낮달 같은
영影아! 오라
가물가물 짚불은 사위어 가고
들꽃은 울고 있다.

주말 연속극 눈물이나 짜는 그런 사랑이 아닌
내가 네가 되고
네가 내가 되고
푸른 바다가 속살거린 파도처럼

훗날 우리들의 노래가 별똥별이 되지 못해도
안토니오니의 태양은 외로워
스스로를 태워버린 모니카비티의
불꽃같은 사랑.

깊은 밤 머리를 조아리고
요령처럼 기도하는 마음으로
키우는 꿈

햇볕 좋은 가을날
도리깨질하면 튀어 오른
주녀리콩만한 자잘한 사랑들.

코리아 눈물

흰 바탕에 하늘색 한반도 심고
세계사에 펼쳐진 역사의 대드라마
모두운 칠천만의 눈빛
노란공의 마술에 숨죽이고
순복아, 정화야, 분희야, 현정아
혼불로 타는 함성
하늘에 닿는 백의 순정

7 : 7. 8 : 8. 11 ; 11. 12 ; 12 .
3시간 40분의 땀의 혈전
한 점 한 점 또 한 점
마침내 투혼 불사른 21 ; 19여

그대는 한 쌍의 나비
멀고 먼 여로를 뚫고
만리장성 위를 훨훨 날은
민족화합의 극치
열린 통일의 빛이여.

*1991년 일본 자바섬에서 세계 탁구 선수권 대회 중국과 남북단일팀 결승전.
2012년 영화로 상연 흥행함

아름다운 길

고급차 굴러가는
아스팔트 길 바라지도 않는다.
눈물겹도록 서러운
행상 길 탓하지도 않는다.
참꽃 같은 애들 건강하고 배 안 곯리고
찔레꽃 흐드러지게 달아오르면
햇볕 포근한 토방에서
한결같은 아내와
오이에 막걸리 소주에 오징어다리
세월을 산보하듯
풍상에도 닳지 않은
그 길
참으로 아름다우리.

양심수의 기도

하늘아, 들아
사랑하는 사람들아
갇혔구나 구속되었구나
육신보다 소중한 것을 위해
사랑보다 아름다운 것을 위해
핏빛이 허옇게 흐느끼는 어둠 속에서
10년 20년 아니 30년 더 길게
행동과 말과 생각을 빼앗기고
꼬부랑 노인이 될 때까지
기약 없이 이어지는 절망과 죽음의 세월들
그러는 동안에 사랑하는 사람들은 떠나고
천만근 힘으로도 치료할 수 없는
굴욕과 질병과 산산이 부서진 육신
언어마저 말라버린 비전향 장기수
우리는 그들을 양심수라 하던가.

이름은 무명초로 태어나
피보다 더 붉은 것을 위해
꽃보다 더 고운 것을 위해

땀과 눈물과 푸른 깃발을 들고
조국의 노예로 칼날처럼 번쩍거린 눈동자
지리산 깊숙이 눈발을 날리던 아들딸들아
참으로 부끄럽구나 무한히 울고 싶구나.

형광등 하얀 불빛 아래서
잠 못 이루는 추운 겨울밤
마룻장에 모로 웅크리고 쓰러져 누어
〈하느님 우리의 기도들 들어 주소서〉
한 시대의 핏빛어린 추억이여
흘러간 역사는 되돌릴 수 없기에
세월이 더 흘러가기 전에
우리의 얼굴이 더 부끄러워지기 전에
양심수를 세상의 품으로 돌려보내야 한다.
그날은
종다리 노래하는 푸른 보리밭 언덕길에
냉이꽃도 삘기꽃도 복사꽃도 하얗게 피어나리.

쏘낙비

차박차박 살아간 우리라고
어찌 꿈조차 없을라고?

사랑하는 먹구름아
모두 모여들어
한바탕 쏘낙비나 퍼부어라
고샅 가는 길 초라할지라도
오장육부까지 쏟아 부어라
절망의 그늘에서
비에 씻겨 새파란 하늘을 보게 되는 날까지
펑펑 퍼부어라, 하늘아

세상살이에 넌더리를 친 사람들은 알리라
쏘낙비의 아름다움을.

과 녁

쭉쭉 내린 장대비 속을
비보다 더 빠른 속력으로
화살 하나가 날아간다.
가는 길은 하도 멀어
그리움의 힘으로
찍어 논 방점 하나
거기가 어디일까?

골똘히 앓아도 나는
너무나 텅 빈
아,
허공에 있다.

초 생 달

소리도 없이
가을강 잔물결 위에 오동잎이 진다

초 사흘 날
어둠이 토해낸 하늘길에
불그스름하게 떠 있는 손톱무늬 한 점

언뜻 보낸 눈짓에
그 사랑 떠올리며 길 따라 나선다
그 길 하도 멀기에 풀꽃과 이야기도 하고
쑥국새 울음소리 귀동냥도 하고
나락꽃 언덕에서 이야기도 좀 하면서

별 하나 별 둘 손 꼽던
그립구나, 참꽃 같은 얼굴

그래
가버린 길 뭐, 그리 대수냐고
오동잎 진다고 설워마라

먼 산
청솔가리도 눈물 없이 저리 타고 있는데

슬픔에게

안고가기에 버거운 슬픔 있거든
부리고 갈 일이다.
부리고 가기에 서러운 사랑 있거든
세월에 맡기고 갈 일이다.

아무 말도 하지말자.
우는 듯 웃는 듯한 마음으로
노을빛 더불어
그냥 느끼기만 하자.

슬픔이여
하루해가 강물 되어
저만큼 흘러가면
가랑잎처럼 흔들리는 우리들
흔적 없이 떠나야 하니까.

낙관

빨갛게 타오른
저녁 놀 속에
낙관 하나 찍어 놓을 사람
그는 누구일까?

버들강아지

실바람 타고
강남 간 그리운 손님 개울물 건너 오시러나
흙은 들썩 들썩 향그런 냄새 피어 올리고
살을 애던 눈발은
어디 가셨나.
버들강아지 헛바닥 널름거린다.

땅 밑 저 아래
훈훈한 향기에 감기어
실뿌리에 피가 돌고
살갗이 터지면
알몸은 소리 지르며 뻐쳐 올라
별들도 수런거린다.

낙 엽

나는 들었네.
해 저물녘
노을길에 앉아
쌀랑쌀랑 불어온 바람에
낙엽이 구르는 소리를

한 세월
너와 함께 했는데
낙엽은 세월을 잃어버린 슬픔에 울고
나는 낙엽을 잃어버린 슬픔에 울었네.

노을이 강물을 만나
물금 속으로 넘어갈 때
낙엽의 울음소리를 들으며
나도 너처럼 붉게 물들다 갔으면
좋겠다는 생각을 했다네.

풋 사 랑

오재동 작시
오균영 작곡

부질 없는것 이었을 까 실 바람그 리좋 - 아

칠칠한빛깔로 나풀거린 청보리밭언 - 덕에서

약 지 걸 며 맹세 한 우리들의사- 랑이 참으 로헛된것이었을 까

호 미끝에묻어나 온 각시 풀 - 이 그렁그렁울고 있 다

호 미 끝에묻어나온 각시 풀 - 이 그렁그렁울고 있 다

초판 1쇄 찍은 날 | 2014년 2월 25일
초판 1쇄 펴낸 날 | 2014년 3월 1일

지은이 | 오 재 동
펴낸이 | 최 봉 석
펴낸곳 | 도서출판 해동
출판 등록 | 제05-01-0350호
주　소 | 광주광역시 동구 문화전당로 23(남동)
전　화 | (062)233-0803
팩　스 | (062)225-6792
이메일 | h-d7410@hanmail.net

값 10,000원
ISBN 979-11-5573-013-3 03810